비룡잠호

秘龍潛虎

오채지 新무협 판타지 소설

FANTASTIC ORIENTAL HEROES

비룡잠호1

오채지 新무협 판타지 소설

초판 1쇄 찍은 날 § 2011년 8월 4일
초판 1쇄 펴낸 날 § 2011년 8월 11일

지은이 § 오채지
펴낸이 § 서경석

편집부장 § 권태완
편집책임 § 주소영
편집 § 어정원

펴낸곳 § 도서출판 청어람
등록번호 § 제1081-1-89호
등록일자 § 1999. 5. 31
어람번호 § 제2-2131호

주소 § 경기도 부천시 원미구 심곡2동 163-2 서경B/D 3F (우) 420-822
전화 § 032-656-4452 팩스 § 032-656-4453
http://www.chungeoram.com
E-mail § chungeoram@chungeoram.com

ⓒ 오채지, 2011

ISBN 978-89-251-2592-3 04810
ISBN 978-89-251-2591-6 (세트)

※ 파본은 구입하신 서점에서 교환하여 드립니다.
※ 저자와 협의하여 인지를 붙이지 않습니다.
※ 이 책은 도서출판 청어람과 저작자의 계약에 의해 출판된 것이므로,
   무단 전재 및 유포·공유를 금합니다.

비룡잠호

秘龍潛虎

1

오채지 新구협 판타지 소설

FANTASTIC ORIENTAL HEROES

目次

서장		7
제1장	돼지우리를 부수다	9
제2장	엽화자(獵話者) 조맹적	37
제3장	자미원(紫薇垣)의 여자	59
제4장	전쟁의 신(神)	97
제5장	자하부(紫霞府)로 오다	125
제6장	이상한 사람들을 만나다	153
제7장	도둑과 살수	175
제8장	속고 속이다	207
제9장	공을 세우다	241
제10장	시비가 붙다	265
제11장	오성군(五聖君)을 만나다	283

서장

나는 무엇일까?
나는 사람일까? 요괴일까?
해답을 줄 사람을 찾아 나는 천하를 떠돌았다. 그러다 곤륜산 깊은 골에서 만난 어느 괴승(怪僧)으로부터 나와 같은 존재를 만난 적 있다는 얘길 들었다.
나는 다시 그를 찾아 세상을 떠돌았다.
북해의 동토에서부터 흑안귀(黑顔鬼)들이 사는 바다 건너 열사(熱沙)의 땅까지, 무려 칠백 년 동안이나.
하지만 나와 같은 존재는 없었다.
나는 유일했다.

그 사실을 알게 된 후 가장 먼저 느낀 것은 외로움이었다. 그날 이후 나는 세상을 등졌다.

第一章
돼지우리를 부수다

비룡잠호
祕龍潛虎

돼지의 이름은 흑룡(黑龍)이었다.

비루한 몸을 받고 태어나 흑룡이라는 이름까지 얻었으니 그 나름 영예로운 삶이라 할 수 있었다.

하지만 놈은 그것이 온전히 인간의 관점이라는 걸 사흘이 멀도록 튼튼한 울타리를 부수고 달아나 버리는 것으로 그에게 상기시켜 주었다.

바로 오늘 아침처럼.

"휴우……."

그는 초옥의 한쪽을 연한 우리를 바라보며 망연자실한 표정을 지었다. 괴물의 습격이라도 받은 것처럼 무참히 부서진 우리는 도저히 수리를 할 엄두가 나지 않았다.
그가 막막해진 시선을 뒤쪽 숲으로 옮겼다.
커다란 잎을 치렁하게 늘어뜨린 나무 아래에 놈이 널브러져 자고 있었다. 주변엔 먹다 남은 파초실(芭蕉實) 껍질이 아무렇게나 흩어져 있었다.
파초실은 껍질에서도 단맛이 나는 법인데 저렇게 버려둔 걸 보면 오늘도 배가 터지도록 처먹은 모양. 놈이 콧잔등이 허물어지도록 울타리를 부수고 탈출하는 것은 바로 저 파초실 때문이었다.
주렁주렁 매달린 열매가 노랗게 익어가는 광경을 보고 있노라면 군침이 돌기도 할 것이다. 오직 제 몸을 살찌우는 것만이 삶의 유일한 목적인 종족이 아닌가.
그는 낙엽을 소리 나지 않게 밟으며 놈을 향해 다가갔다. 그러다 나무 그늘로 한 발을 들여놓는 순간 비호처럼 몸을 날렸다.
꾸애애액!
귀청을 찢는 비명이 숲을 뒤흔들었다.
누가 돼지를 둔한 짐승이라고 했던가.
벌떡 일어나기가 무섭게 놈은 흡사 무림의 고수처럼 날렵한 동작으로 그의 품을 빠져나갔다.
제 의지와는 상관없이 놈을 등에서부터 엉덩이까지 한 번에 쫙 훑던 그는 아슬아슬하게 꼬리를 잡아채는 데 성공했다.

그러곤 힘차게 잡아당겼다. 동시에 다시 한 번 몸을 던져 놈을 등 뒤에서부터 껴안았다.

그때부턴 힘과 힘, 근성과 근성의 대결이었다.

무려 일다경이나 진흙탕 개싸움을 벌인 후에야 그는 가까스로 놈을 다시 우리에 가둘 수 있었다.

그때 우거진 숲을 칼로 쳐내며 한 사람이 나타났다. 건장한 체격에 애꾸눈을 가진 사내였다. 애꾸눈의 사내가 그를 향해 호리병을 흔들어 보였다.

두 사람은 쓰러진 나뭇등걸에 앉아 술을 마셨다. 호리병이 비어가도록 애꾸눈의 사내도 그도 말이 없었다. 숲을 뿌옇게 채운 아침의 습막(濕膜)이 걷힐 무렵 애꾸눈의 사내가 바닥에 꽂아놓은 칼을 뽑으며 일어섰다.

"원일이가 죽었소."

바람 같은 한마디를 남기고 애꾸눈의 사내는 다시 숲을 쳐내며 왔던 길을 되돌아갔다.

한 달이 지났다.

그가 일상처럼 탈출한 흑룡을 잡아넣고 부서진 우리를 수리하고 있을 때 또 한 사람이 찾아왔다.

바짝 마른 체격에 외팔이사내였다.

두 사람은 애꾸눈의 사내가 왔을 때처럼 나뭇등걸에 앉아 술을 마셨고, 역시 말이 없었다. 한참 만에야 외팔이사내가 일어났다.

"소추가 죽었소. 원일이를 죽인 놈들에게 당한 모양이오."

외팔이사내는 숲으로 들어가기 전 청명한 남만의 하늘을 올려다보며 한마디를 더 남겼다.

"날씨 한번 조오타."

한 달이 지났다.

더는 찾아오는 사람은 없었다.

파초가 그 해의 마지막 열매를 떨어뜨리던 날 그는 처음으로 흑룡보다 먼저 일어나 파초실을 주워 먹을 수 있었다.

파초실은 달았다.

두 달이나 이어진 가뭄을 견딘 덕에 오롯이 단물만 남은 것이다. 기분이 좋아진 그는 제 손으로 돼지우리의 문을 열어주며 말했다.

"가라. 이제 넌 자유다."

흑룡은 달아나지 않았다.

오히려 무슨 수작이냐는 듯 경계심 가득한 눈초리로 그를 노려보았다.

"이제부턴 네가 알아서 먹고살아."

그가 발로 우리를 차고 부수었지만 흑룡은 달아나지 않았다. 오히려 더욱 구석진 곳으로 숨어들며 그가 하는 짓을 구경했다.

"그렇게 나온단 말이지."

그는 초옥에 불을 질렀다.

바싹 마른 초옥이 순식간에 화마에 휩싸였다.

돼지 한 마리쯤은 통째로 구워버릴 듯한 열기가 주변의 대기를 집어삼켰다. 꿈쩍도 않던 흑룡이 쏜살처럼 튀어나와서는 그 길로 숲을 향해 꽁지가 빠지도록 도망가 버렸다.

그게 그와 흑룡의 마지막이었다.

그 순간, 초옥이 풀썩 주저앉았다.

불티가 난폭하게 흩날리는 사이로 박도(朴刀) 한 자루가 거꾸로 꽂힌 채 모습을 드러냈다.

살극달(薩克達)이 남만을 떠나는 날 아침의 일이었다.

*   *   *

운남성(雲南省)은 대륙의 서남부에 자리 잡고 있으며 절반이 속칭 남만이라 불리는 거친 밀림으로 뒤덮인 태양의 땅이었다.

풍부한 강수량과 강렬한 태양의 조화로 산악은 사철 푸르렀고, 겨울에도 눈을 볼 수 없을 만큼 따뜻했다.

원강(元江)은 남만을 벗어나 첫 번째 만나는 운남성의 소도시였다. 도시라고는 하나 인구는 만 명이 채 안 되었고, 그나마 통칭 묘족(苗族)이라고 불리는 소수 민족이 절반을 차지했다.

비가 내렸다.
중양절(重陽節)이 지난 지도 한참.
이맘때면 강북에선 아침저녁으로 서리가 내려도 이상할 것이 없지만 원강은 비가 내리는 와중에도 여전히 후덥지근했다.
초로의 사내 하나가 비를 피해 어느 담장의 처마 밑으로 뛰어들었다. 남색 장삼을 걸치고 유건(儒巾)을 두른 사내의 나이는 대략 쉰 안팎. 언제 어디서 다시 마주치더라도 떠올리기 어려운 흔한 얼굴이었다.
"하필 오늘따라 비가 올 게 뭐람."
조맹적은 어깨에 묻은 빗방울을 툭툭 떨어내며 투덜거렸다. 쨍하던 하늘이 갑자기 먹구름을 몰고 와 장대 같은 빗줄기를 쏟아붓는 것이 이곳에선 그리 드문 일이 아니었다.
그가 의아해하는 건 이만한 비가 올 것임에도 그의 무릎이 오전 내내 아무런 신호를 보내지 않았다는 것이다. 그 때문에 늘 지니고 다니던 우장(雨裝)도 두고 오지 않았던가.
"무릎이 고장 났나?"
조맹적은 피식 웃었다.
애초 고장이 나는 바람에 비를 예측할 수 있게 된 무릎을,

이제는 그걸 못한다고 다시 고장 운운하는 자신이 어처구니 없었기 때문이다.

그는 습관처럼 소매 속에 양손을 찔러 넣고 거리로 시선을 던졌다. 거리는 진창을 튀기며 뿌연 우막(雨幕) 속을 달리는 행인들로 분주했다.

강남인들은, 특히 이곳 사람들은 하늘을 보고 날씨를 예측하는 관천망기(觀天望氣)의 지혜를 객점의 요리 이름만큼이나 많이 알고 있었다.

그럼에도 허둥대는 사람들이 저리 많은 걸 보면 확실히 갑작스러운 비임이 분명했다.

"갑작스러운 비는 금방 그치는 법이지."

해결할 수 없다면 즐기는 거다.

조맹적은 어깨를 움츠리며 소슬한 분위기를 즐겼다. 그때 뚱보 하나가 저만치에서 달려오는 것이 보였다.

뚱뚱한 만큼 비를 맞는 것도 남들보다 배는 많은 모양. 놈은 죽어라 달리다가 조맹적의 앞에 이르러 진창을 우악스럽게 밟고 지나갔다. 뿌연 흙탕물이 조맹적의 장삼 자락을 향해 와락 달려들었다.

"저런 육시랄 놈이……!"

조맹적은 한바탕 육두문자를 퍼부으려다 참았다. 이미 더러워질 대로 더러워진 장삼이 흙탕물 한 바가지 더 퍼붓는다고 달라질 것도 없거니와 뚱보 역시 저만치 달아나 버렸기 때문이다.

"미련하게 생긴 놈이 몸은 제법 날래군."

조맹적은 저만큼 멀어지는 뚱보를 바라보다 문득 한 가지 궁금한 생각이 떠올랐다.

뛰어가는 것과 걸어가는 것 중 어느 쪽이 비를 덜 맞을까? 가령 뛰어가면 앞에서 내리는 비까지 모두 맞게 되는 건 아닐까? 혹은 걸어가면 늦게 내리는 비까지 맞는 것은 아닐까?

그러다 또 문득 비가 올 때마다 자신이 똑같은 생각을 했다는 것을 깨닫고는 실소를 지었다.

실상 해답은 간단했다.

비를 더 맞고 덜 맞고는 뛰는 것과 걷는 것에 달려 있지 않았다. 요는 비에 노출되는 시간이었다. 목적지가 있다면 뛰어가는 것이 유리하고, 목적지가 없다면 뛰나 걸으나 매한가지였다.

조맹적은 비 내리는 풍경이 꼭 인간사와도 닮았다는 생각이 들었다. 뚜렷한 목표가 없는 사람은 아무래도 인생을 설렁설렁 살게 되지 않겠는가.

바로 자신처럼 말이다.

하지만 이 비가 그치고 나면 그는 또 까맣게 잊고 말 것이다. 그러다가 비가 내리면 다시 떠올리고……

그는 그런 사람이었다.

세상 모든 것이 궁금하고 일단 의문이 생기면 끝까지 파고

들어 호기심을 해결해야만 직성이 풀리는, 오죽하면 원강 사람들이 그를 일컬어 엽화자(獵話者) 조맹적이라고 부를까.

빗방울이 잦아들었다.

노름방에서 기다리고 있을 친구들 생각에 마음이 급해진 조맹적은 늦은 만큼 서둘러 처마 밑을 나섰다. 하지만 그는 곧 눈동자를 빛내며 걸음을 멈추었다. 그가 가려는 방향의 반대쪽 관도에서 한 사람이 걸어오고 있었기 때문이다.

한데 그의 분위기가 매우 독특했다.

얼추 서른 살이나 되었을까?

육 척 장신에 갓 없는 도롱이를 걸쳤는데, 머리카락은 거칠게 틀어 묶고, 얼굴은 볕에 그을려 시커먼데다 눈동자는 사납게 이글거리는 것이 평생 문명과는 담을 쌓고 산 사람 같았다.

'짐승이 따로 없군.'

하지만 그것 때문에 조맹적이 걸음을 멈춘 것은 아니었다. 묘족의 왕래가 잦은 탓에 저런 인물은 이곳 원강 땅에 차고 넘쳤다.

조맹적의 시선을 끈 것은 사내의 엉덩이에 매달려 자발머리없이 대롱거리는 칼이었다.

장식도 없고 칼집도 없이 요대 사이에 대충 찔러 넣은 그것은 박도가 틀림없었는데 이상하리만치 사내의 거친 분위기와 어울렸다.

조맹적은 그것이 익숙함에서 오는 자연스러움이라고 생각했다.

검(劍)과 달리 도(刀)는 도구로서의 성격이 강했다. 특히나 이곳 강남 땅에서는 박도 하나쯤 지니고 다니지 않는 이가 드물었다.

숲을 치거나 나무를 하는 동시에 이따금 만나는 뱀이나 작은 짐승들을 때려잡기에도 박도만 한 것이 없었다.

이른바 다목적 전천후의 칼이라 할 수 있었는데, 반면 인간을 향한 살상용 무기로서는 최악이었다.

도갑이 없다는 것만으로도 예측할 수 있듯이 날은 무디고 도신은 무거웠으며, 도극은 사선으로 뚝 잘려 나간 것이 사람을 베거나 찌르기에는 어중간했던 것이다.

결정적으로 사내의 그것은 어슬어슬 녹까지 슬어 있었다.

분명 무인인 것 같은데 그 무장은 너무나 한심해 보이고 또 그러면서도 묘하게 어울리는 것이 사내의 전체적인 분위기였다.

이 이질적인 느낌이 조맹적의 호기심을 끌었다.

'밀림에서 나온 놈이군!'

조맹적은 자신의 안목에 새삼 흡족했다.

철이 들기 전부터 호구를 해결해 준 밑천이 바로 이 예리한 눈과 각종의 잡기에 관한 해박한 지식이었다.

물론 그것 이전에 호기심이 있었다.

이번에도 치밀어 오르는 호기심을 이기지 못한 조맹적은 노름방으로 가려던 생각을 고쳐먹고 사내를 향해 걸어갔다.

그의 분위기는 좀 전과 판이해져 있었다.

실처럼 가늘게 뜬 눈은 흰자위를 드러냈고, 굽은 등에 고개는 쳐들렸으며, 보폭은 평소의 절반으로 좁아졌다.

장님 흉내를 내는 것이다.

사내의 동선과 자신과의 거리, 진창의 위치를 치밀하게 계산한 조맹적은 느리지만 정확하게 사내를 향해 다가갔다.

이윽고 머릿속으로 점찍어둔 지점에 이르렀을 때 조맹적은 진창에 한 발을 슬쩍 담갔다.

"어이쿠!"

조맹적은 호들갑을 떨며 재빨리 오른쪽으로 몸을 던지다시피 물러났다. 그곳에 사내가 있었고, 그와 부딪치는 것이 조맹적의 목표였다.

하지만 사내는 딱 반걸음 전에 멈춰 서는 것으로 조맹적을 간단하게 피해 버렸다.

"……!"

충돌을 대비하고 있던 조맹적의 몸은 갑작스러운 변화에 중심을 잃고 맞은편의 더 큰 진창에 처박혔다. '철퍼덕' 하는 소리와 함께 뿌연 흙탕물이 조맹적을 덮쳤다.

"빌어먹을!"

예측이 빗나가자 조맹적은 저도 모르게 욕지기가 치밀어

올랐다. 그때 거칠고 억센 손이 그의 어깨를 움켜쥐었다.

사내였다.

사내는 냇가에서 빨랫감을 건지듯 조맹적을 주욱 들어 올린 다음 마른땅에 세워놓았다.

그리고 물었다.

"괜찮으십니까?"

"괘, 괜찮소이다. 하필 오늘따라 지팡이를 두고 오는 바람에……."

"봉사가 지팡이를 깜빡하면 쓰나요."

조맹적은 뜨끔한 마음이 들었다.

별 대수롭지 않게 한 말인데 사내가 어쩌면 치명적인 실수랄 수도 있는 부분을 정확히 찌른 것이다.

하지만 자신이 누구인가.

조맹적은 능숙하고도 천연덕스럽게 대꾸를 했다.

"그러게 말이오. 십수 년을 다닌 길이다 보니 나도 모르게 그만 방심을 한 모양이오."

"조심하십시오."

사내는 어린아이를 다루듯 조맹적의 어깨를 가볍게 두드려 주고 돌아섰다.

조맹적이 서둘러 그를 불렀다.

"잠깐."

"……?"

"혹 원강이 초행이시오?"

"그렇습니다만."

"불쌍한 봉사를 도와준 대가로 내가 한 가지 일러줄작시면, 술을 마시려거든 호로객잔(湖路客棧)으로 가시고 닳고 닳은 계집이려나마 하룻밤 품으시려면 홍가여곽(虹家挾郭)으로 가시오. 가서 봉사 조맹적이 보냈다고 하면 최소한 바가지는 쓰지 않을 것이오."

"고맙습니다."

사내가 간단하게 대답하고는 돌아서 갔다.

칼로 자르듯, 단호하게 끊어버리듯 하는 사내의 화법에 천하의 조맹적도 더는 붙잡을 재간이 없었다.

'어지간히 무뚝뚝한 놈이로세.'

사내가 저만큼 멀어지길 기다렸다가 조맹적은 소매 속에 넣었던 손을 뺐다. 그의 손엔 어느새 갓난아이 주먹만 한 가죽 주머니가 들려 있었다.

가늘게 찢은 칡 껍질로 윗부분을 거칠게 동여맸는데 그 모양이 꼭 골방 노인네의 쌈지 같았다.

하지만 매듭을 풀고 주머니를 펼치자 골방 노인네의 쌈지에는 들어 있을 수 없는 물건이 나왔다.

놀랍게도 그것은 사금(砂金)이었다.

불에 녹여 덩어리로 만들면 족히 반 냥은 나갈 법한 무게. 조맹적의 눈동자가 횃불처럼 이글거렸다. 조금 전 그의 손이 사내의 품속으로 들어갔을 때 이런 쌈지 대여섯 개가 더 들어 있었다.

조맹적은 고개를 돌려 점으로 변해 버린 사내의 뒷모습을 응시했다. 그리고 그의 호구를 해결해 준 두 번째 밑천인 칼 같은 눈썰미를 총동원해 사내의 실력을 가늠하기 시작했다.

무장의 수준은 분명 삼류다.

전신에서 뿜어져 나오는 기도 역시 미미한 수준이다. 하지만 그런 것으로는 설명할 수 없는 묘한 분위기가 사내에겐 있었다.

그래서 조맹적은 갈등했다.

작업을 할 것인가, 말 것인가.

하지만 조맹적은 이런 난제를 간단하게 해결했다. 상대가 위험하다면 더 위험한 자들을 끌어들이면 되지 않겠는가.

"친구들을 불러야겠군. 후후."

*   *   *

살극달은 작은 강변을 따라 걸었다.

강북의 모든 여곽과 주루는 관도를 따라 생겨나고, 강남의 그것은 수로를 따라 생겨난다는 말이 있다.

원강 역시 예외는 아니어서 강변 곳곳에 주루와 여곽이 산재했다. 그것들 중에는 봉사 흉내를 내던 노인이 말한 객점과 여곽도 있었다.

하지만 살극달은 그곳들을 모두 지나쳐 북쪽으로만 향했다. 마치 이 도시에는 볼일이 없는 듯 계속해서 걸었고, 어느 순간엔 정말로 도시를 벗어났다.

그때부턴 광활한 숲이 나타났다.

운남성의 지형은 대부분 이런 식이었다.

높은 산악, 깊은 골, 광활한 숲 사이에 물웅덩이처럼 드문드문 도시가 자리하고, 그 도시를 잇는 여러 갈래의 길이 실처럼 가늘고 거미줄처럼 복잡하게 연결된 것이다.

하지만 숲으로 난 길은 없었다.

살극달은 거침없이 숲으로 들어갔다.

대낮에도 햇볕이 들지 않는 숲을 반 시진 정도 걸었을 때 땅이 갑자기 사라지며 거대한 협곡이 나타났다.

협곡은 말라 있었다.

우기 때는 세상을 쓸어버릴 것처럼 흐르다가도 건기가 되면 거짓말처럼 바닥을 드러내는, 이른바 건천(乾川)이었다.

처음 초옥으로 찾아왔던 하소추가 떠난 후 살극달은 녀석이 앉았던 자리에서 술을 찍어 쓴 세 글자를 발견했다.

혈사곡(血事谷).

막내 하원일의 무덤이 있는 장소다.

하소추는 살극달이 한 번쯤은 하원일의 무덤을 찾을 거로 생각했던 것이다.

데면데면하던 두 녀석과 달리 하원일은 살극달에게 살갑게 굴었다. 서책이 생기면 제일 먼저 달려와 자랑을 했고, 먹을 게 생기면 몰래 방 안에 넣어주었다.

녀석에게 명심보감을 가르쳐 준 사람도 살극달이었다. 하씨 삼 형제 중 하원일은 유일하게 무공만큼이나 글공부에도 열정을 쏟았다.

살극달은 벼랑 끝에 서서 협곡을 내려다보았다.

저곳 어딘가에 하원일의 무덤이 있다.

도대체 왜 이런 곳에다 무덤을 썼을까?

이유는 간단하다.

이곳에서 하원일이 죽었기 때문이다.

하지만 여름 장마가 휩쓸고 간 협곡엔 아무것도 남아 있지 않았다. 수천, 수만 명이 죽은들 장마가 휩쓸고 간 후에는 천하의 누구라도 단서를 찾지 못할 것이다.

세상의 그 어떤 흔적도 물을 이길 수는 없다.

하지만 살극달은 낙담하지 않았다.

세상에 완벽한 인멸(湮滅)이란 없고, 단서는 꼭 물증으로만 존재하지 않는다.

주변을 둘러보던 살극달은 협곡 아래의 야트막한 경사지에서 시선을 멈췄다. 그곳에 누군가 만들어놓은 듯한 수십 기의 무덤 군이 있었다.

무덤은 모두 삼십 기였다.
노인의 머리통처럼 듬성듬성 잡초가 돋아난 무덤은 초라하기 짝이 없었다.
주변의 흙이 맨살을 드러낸 것과 잡초가 무덤을 완전하게 장악하지 못한 정황으로 미루어 최근에 만든 것이 분명했다.
살극달은 그 시기를 석 달 전으로 보았다.
하원일이 죽은 시기와 일치하는 것이다.
삼십 기의 무덤 중 어느 것이 하원일의 것일까?
그 역시 오래지 않아 찾을 수 있었다.
가장 위쪽에서 다른 무덤을 거느리듯 자리한 무덤가에 호리병 두 개가 뒹굴고 있었다.
하소추와 하대광이 살극달을 만나기 위해 남만으로 들어왔을 때 가져왔던 것과 똑같은 죽엽청 호리병이었다.
살극달은 미리 준비해 온 향을 사르고 세 번째 술을 부어주었다. 그리고 무덤 곁에 앉아 서산을 붉게 물들이는 낙조를 바라보았다.
오 년 만의 해후(邂逅)였다.

녀석들을 처음 만난 건 십 년 전 어느 날이었다.

그때 살극달은 새롭게 뿌리를 내릴 곳을 찾아 남만을 떠도는 중이었다. 그러다 식인 풍습이 남아 있는 야합족(夜合族)의 전사들에게 돼지처럼 잡혀가는 초로의 한족을 만났다.

다행히 야합족 전사 중 안면있는 자가 있었고, 살극달은 대월도(大月刀) 한 자루와 초로인을 교환할 수 있었다.

대월도는 정마대전 당시 남만까지 쳐들어왔던 마병(魔兵)들이 달리는 마상에서 적의 목을 칠 때 사용한 병기였다.

살극달을 마도의 패잔병이라고 생각한 초로인은 마땅히 갈 곳이 없다면 자신과 함께 가자고 했다.

정말로 마땅히 갈 곳이 없었던 살극달은 그를 따라나섰다.

초로인이 사는 곳은 안남(安南)과의 국경지대에 위치한 한족 집단 거주지이자 인근 묘족 사냥꾼들이 가끔 술을 찾아 나타나는 광산촌이었다.

그곳에 그 녀석들이 있었다.

제법 사내 냄새를 풍기는 첫째 하대광과 어린 나이에도 덩치가 예사롭지 않았던 둘째 하소추, 그리고 이제 막 코밑이 시컴시컴해지기 시작한 막내 하원일이었다.

초로인은 자신의 세 아들에게 살극달을 의형이라 부르게 했고, 살극달에게는 그 자신을 양부(養父)라 부르게 했지만 살극달은 한 번도 그를 아버지라 부른 적이 없었다.

부를 일도 없었다.

그는 광부들을 상대로 채광용 철기구들을 만들어 파는 야장(冶匠)이었다. 살극달은 그 어떤 선택의 고민도 없이, 혹은 당연히 그래야 하는 것처럼 대장간 일을 배웠다.

"쇠는 불로 불리고, 망치로 다스리며, 물로 단련시킨다."

그가 해준 얘기는 그게 전부였다.

처음엔 불 지피는 일을 했고, 다음엔 망치질을 했다. 가장 간단해 보였던 담금질이 손에 익기까지는 삼 년이라는 시간이 걸렸다.

아주 막손은 아니었든지 살극달이 만든 철기구들은 광부들 사이에서 인기가 많았다. 멀리서 소문을 듣고 찾아오는 화전민들도 있었다.

그 무렵 그가 죽었다.

그는 살극달에게 동생들을 부탁한다고 했다.

하지만 삼형제는 처음부터 대장간 일 따위에는 관심이 없었다. 녀석들이 하는 일이라곤 광산촌에 기생하는 나쁜 무리와 어울려 다니며 싸움질을 일삼는 게 고작이었다.

그러던 어느 날 살극달은 놀라운 광경을 보게 되었다. 삼형제가 큰 싸움에 휘말렸다는 소식을 듣고 달려간 주루에서 악명이 자자한 광산촌의 주먹 일곱이 처참한 몰골로 뻗어 있는 걸 본 것이다.

삼 형제는 탁자에 앉아 한가하게 술을 마시고 있었다. 그들의 강함은 내면의 깊은 곳으로부터 자연스럽게 솟아나오는 것 같았다.

 광산촌의 주먹 세계를 평정한 삼 형제는 이제 광산을 관리하는 감독관들과 어울렸다.

 감독관들은 중원에서 온 자들이었는데 허리춤엔 언제나 칼을 찼다. 광부들 사이에서는 임금 체납에 항의하는 사람들을 몰래 죽여 없앤다는 소문이 돌았다.

 언제부터인가는 삼 형제의 허리춤에도 칼이 매달려 있었다. 묘족들이 숲을 칠 때 쓰는 박도가 아닌 광산의 감독관들이 차는 진짜 칼이었다.

 어디서 배웠는지 그 칼을 들고 밤마다 숲에서 대련도 하는 것 같았다. 삼 형제가 무언가를 그렇게 열심히 하는 것을 본 것은 그때가 처음이었다.

 그 무렵 살극달은 또 한 번 놀라운 광경을 보았다. 삼 형제의 칼질이 예사롭지 않았던 것이다.

 아마도 그 무렵이었을 것이다.

 녀석들이 남만을 떠날지도 모른다고 생각한 것은.

 삼 형제가 집을 떠나 있는 날은 점점 많아졌고, 어느 해인가는 몇 달 만에 돌아왔다.

 상당한 양의 은원보를 지닌 채로였다.

 은원보에서는 피 냄새가 났다.

 그날 밤 살극달은 처음으로 삼 형제를 때렸다.

 살가죽이 터지고, 칠공으로 피를 쏟고, 더 때리면 정말 죽을지도 모른다는 생각이 들 때까지.
 삼 형제는 한 번도 비명을 지르지 않았다.
 그리고 다음날 새벽, 그들은 남만을 떠났다.
 달라진 건 아무것도 없었다.
 언제나 그랬던 것처럼 살극달은 쇠를 불리고, 다스리고, 단련시켰다.
 임금 체납을 견디지 못한 광부들이 들고일어나 감독관들을 곡괭이로 쳐 죽이고, 광산이 폐광을 맞을 때까지, 한족들이 모두 떠날 때까지, 하소추와 하대광이 차례로 찾아와 그 소식을 전할 때까지…….

 관(棺)이 나타났다.
 박도로 무덤을 파헤친 지 일다경 만의 일이었다.
 살극달은 숨을 고른 후 천천히 뚜껑을 열었다.
 시체가 부패하는 데는 예외없이 일정한 순서가 있다. 첫 번째는 동공이 썩는다. 두 번째는 내장이 썩으며 배가 부풀어 오른다. 세 번째는 살과 가죽이 바깥에서부터 썩어 들어가며 배가 가라앉는다.
 그러다 결국 하나도 남지 않게 된다.
 습하고 따뜻한 강남 날씨라면 백골만 남는 데 길게는 일 년, 빠르면 석 달에도 가능하다.
 하원일은 백골로 누워 있었다.

거친 갈포(葛布)로 지어 입은 옷은 습하고 따뜻한 강남의 날씨 속에서도 용케 썩지 않았다.

 기이한 일이었지만 그래서 다행이었다.

 살극달은 백골을 감싸고 있는 옷을 천천히 벗겼다. 옷 아래 숨어 있던 시충(尸虫)들이 범을 만난 양 떼처럼 흩어졌다.

 살극달은 상흔들을 살피기 시작했다.

 사대부가 필적을 남기는 것처럼 검수는 검흔을 남긴다. 상흔은 모두 일곱 개. 어깨, 팔, 허리에 각 두 개씩, 가슴에 하나였다.

 직접적인 사인은 가슴에 맞은 일격이었다.

 좌에서 우로 번개처럼 지나간 정체 모를 병기에 늑골이 모두 잘려 나간 것이다. 한 치의 오차도 없이 깨끗한 궤적은 정확히 심장을 가르고 있었다.

 '이게 인간의 솜씨란 말이지…….'

 한 사람이 일곱 번의 병기를 휘둘렀을 수도 있고, 일곱 명이 각 일 격씩을 보태 합공을 했을 수도 있다.

 흉수는 최소 한 명에서 최대 일곱 명이다.

 더 많은 숫자가 하원일을 에워쌌을 수도 있지만, 직접 공격에 가담한 숫자는 일곱이 최대였다.

 상흔은 대부분 찔리고 베인 자국이었다.

 찔린 상처는 좁지만 깊고, 베인 상처는 얕지만 크다. 어느 쪽이 더 치명적이라고 단언할 수는 없다. 장기의 위치에 따라

효율은 극명하게 갈리니까.

일반적으로 검은 찌르고 칼은 벨 때 최대의 타격을 준다. 그 역시 단정할 수는 없다. 검으로도 벨 수가 있고 칼로도 찌를 수가 있다.

재밌는 것은 검으로 벨 때와 칼로 벨 때 그 흔적이 다르게 나타난다는 것이다.

또한 상처의 깊고 얕은 정도를 따져 병기가 지나간 방향을 가늠할 수가 있다. 왼쪽에서 오른쪽으로 베었는지, 혹은 아래에서 위로 베었는지.

이런 모든 것은 상흔이 신체의 어느 부위에 위치하는지와 연관 지어 흉수의 동작을 거의 완벽하게 재현해 낼 수 있다.

검이냐, 칼이냐, 어느 쪽에서 어디로 어떤 궤적으로 베었느냐를 따라가다 보면 적의 미세한 습관이나 특징이 나타나는 것이다.

많을 필요도 없다.

하나만 찾으면 된다. 하나만.

서산의 해가 뉘엿뉘엿 저물어갈 무렵 살극달의 눈동자가 기광으로 번뜩였다.

'낙뢰흔(落雷痕)!'

벼락이 지나간 흔적이라는 이름의 이 검흔을 만들 수 있는 무공은 하늘 아래 단 하나밖에 없다.

이름을 떠올리는 것만으로도 두려운 혼원벽력검(混元霹靂劍). 일세를 풍미했던 어느 마도종파가 몰살을 당하면서 실전되었다고 알려진 공전절후의 마공(魔功)이 백여 년이 흐른 지금 세상에 다시 모습을 드러낸 것이다.

'원일아, 대체 무슨 일에 휘말린 거냐.'

녀석은 대체 누굴 만난 걸까?

근처에 있는 무덤들은 다 무엇일까?

하소추와 하대광은 또 무얼 하고 있었던 걸까?

의문이 꼬리에 꼬리를 물고 이어지는 사이 등 뒤에서 낯익은 목소리가 들려왔다.

"여기 있는 줄도 모르고 한참 찾았네."

살극달은 소리가 들려온 쪽으로 천천히 돌아섰다. 무덤과 무덤 사이로 난 길을 따라 칼을 든 여섯 명의 장한이 걸어오고 있었다.

하나는 이미 낯이 익고, 나머지 다섯은 떡 벌어진 어깨에 얼굴 여기저기를 가로지른 검상을 훈장처럼 지닌 자들이었다.

관도에서 만났던 봉사가 강도로 돌변해 동료들을 끌고 온 것이다.

봉사는 그의 동료들과 함께 살극달을 에워쌌다. 만약의 경우를 고려해 도주로를 미리 차단한 것이다.

살극달은 그들을 차례로 일별한 후 봉사를 향해 말했다.

"초면에 실례가 많으십니다."
"초면은 아니지. 이미 한 번 봤잖은가."
"그것도 그렇군."
"대충 내가 온 이유는 알겠지?"
"그렇잖아도 기다리고 있었소."
"기다려? 나를?"
조맹적은 눈매를 가늘게 좁혔다.

사금을 강탈하러 왔다가 놈이 무덤을 파헤친 걸 보자 왠지 께름칙하던 터다. 한데 그것도 모자라 자신이 올 것까지 알고 있었다고?

"내가 올 줄 어떻게 알았지?"
"중독되었으니까."
"……!"

조맹적은 재빨리 호흡을 멈추고 기를 운용해 보았다. 어디에도 중독의 징후는 없었다.

하지만 가볍게 흘릴 수도 없었다.

세상엔 기감에 걸리지 않는 괴독이 얼마든지 존재했고, 그런 독일수록 위험한 법이었다.

특히 기다렸다는 한마디가 조맹적의 뇌리를 잡아끌었다. 그 말이 사실이라면 무언가 안배를 해놓았다는 말이 아닌가?

"날 기만하는 것이라면 넌 이 자리에서 죽는다."

"당신은 틀림없이 중독되었소. 한번 중독되면 천하의 그 어떤 명의도 해독할 수 없는 절독이지."

"그게… 뭐지?"

"황금."

第二章
엽화자(獵話者) 조맹적

비룡잠호
秘龍潛虎

"크하하하! 과연 그렇군. 황금이야말로 해독제가 없는 절독 중의 절독이지. 하지만 말이야, 황금이란 놈은 대개 중독된 사람보다는 그것을 가진 사람이 먼저 죽게 마련이라네."

조맹적이 돌연 웃음기를 거두고 싸늘한 표정을 지으며 물었다.

"이제 나를 기다린 이유나 한번 들어볼까?"

"듣긴 뭘 들어! 해도 짧은데!"

수염이 얼굴의 절반을 덮은 자가 버럭 소리를 질렀다. 한눈에 보기에도 폭급한 성정의 소유자임이 분명한 그는 칼을 쑥 뽑아 칼끝으로 살극달을 겨누며 말했다.

"거기 너! 죽을래, 살래?"

말인즉슨 사금을 순순히 내놓으면 살려줄 용의가 있고, 주지 않는다면 죽을 각오를 하라는 뜻이다.

물론 살극달은 어느 쪽도 선택할 생각이 없었다.

"시원한 친구로군."

"한 번은 더 물어봐 줘야겠지? 사람 목숨이 왔다 갔다 하는데 한 번은 너무 매정하잖아? 자, 마지막 기회다. 죽을래, 살래?"

"조용히 물러나라면 콧방귀를 뀌겠지?"

"쯧쯧쯧. 언제나 이런 식이지. 그런데도 사람들은 나더러 살인마 신무적이라 부른단 말이야. 이렇게 여러 번 살 수 있는 기회를 줬는데도 말이지."

텁석부리장한 신무광은 더 들을 필요도 없다는 듯 주위를 돌아보며 짧고 간단하게 말했다.

"빨리 따고 기생 년들 허벅지나 만지러 가자고."

"나름 한 수가 있는 놈 같으니 조심들 하게!"

조맹적이 서둘러 한마디를 덧붙였지만 다섯 사내는 귓등으로도 듣지 않았다. 그들은 눈 깜짝할 사이에 거리를 좁혀 천천히 돌기 시작했다.

차륜전(車輪戰)이다.

다수가 소수의 적을 상대할 때 가장 적은 피해로 최대의 타격을 줄 수 있는 전술.

"갈!"

어느 순간, 좌방의 사내가 대갈일성을 내지르며 달려들었다. 시퍼런 칼날이 대기를 갈랐다.

하지만 살극달은 이미 그 자리에 없었다.

허공을 후려치는 허전함에 오싹해진 사내가 두 눈을 부릅떴다. 순간 '퍽' 하는 소리와 함께 사내의 등이 새우처럼 꺾였다. 동시에 제 의지와는 상관없이 허공으로 치솟았다.

그러나 사내는 곧 저항할 수 없는 또 다른 힘에 이끌려 바닥으로 곤두박질쳤다. 머리통부터 철퍼덕 떨어진 사내는 그대로 엎어져 꺽꺽거리기 시작했다.

사내가 칼질을 하는 순간, 살극달이 안쪽을 파고들며 무릎으로 명치를 차올렸고 솟구치는 사내의 팔을 다시 끌어당겨 땅바닥에 처박은 것이다.

이 일련의 동작은 너무나 느리고 단순해 장내에 있는 모든 사람이 하나도 놓치지 않고 똑똑히 보았다.

그들은 쓰러진 사내와 살극달을 번갈아 보며 호목을 부릅떴다. 어찌하여 눈을 빤히 뜨고도 저런 잡술에 당했는지 도무지 납득되지 않았다.

"이런 호로……!"

한쪽 귀가 잘려 나간 사내가 비호처럼 달려들었다. 쭉 뻗은 칼끝에 서린 예기가 제법 예사롭지 않았다.

살극달은 피하지 않고 마주 다가갔다.

짝귀의 칼이 살극달의 몸을 쑥 관통하는 순간, 그의 면상에도 육중한 주먹질이 가해졌다.

퍽! 하는 소리와 함께 쌍코피를 터뜨린 짝귀가 뻣뻣하게 넘어갔다. 그의 손에 들렸던 칼은 살극달의 왼쪽 날갯죽지에 물려 있었다.

심장을 찔렀다는 것은 사람들의 착각이었다.

이 동작 역시 너무나 느렸고, 너무나 똑똑하게 보였다.

사람들은 허탈감에 빠지지 않을 수 없었다.

분명 무공이랄 것도 없어 보이는 하찮은 움직임이었는데 눈 깜짝할 사이에 두 명이 뻗어버린 것이다. 뒤늦게 무언가 잘못됐다는 느낌이 들었지만 이미 엎질러진 물이었다.

선택은 하나밖에 없었다.

수단과 방법을 가리지 말고 상대를 쓰러뜨리는 것. 텁석부리장한이 버럭 고함을 질렀다.

"놈은 혼자다!"

분기탱천한 세 명의 사내가 일제히 달려들었다.

합을 맞추지 않은 세 개의 칼날이 살극달의 머리, 가슴, 허리를 향해 난상으로 날아들었다.

살극달은 이번에도 느릿느릿 움직였다.

선 자리에서 어깨를 틀어 첫 번째 칼을 흘려보냈고, 상체를 숙여 두 번째 칼날 아래를 아슬아슬하게 빠져나갔으며, 그 동작 그대로 허리를 뺌으로써 전권에서 간단하게 벗어나 버렸다.

 눈앞에서 기름 바른 미꾸라지처럼 요리조리 빠져나가는 살극달을 보며 세 명의 사내는 눈알이 튀어나올 듯 커졌다.

 그 순간 살극달의 반격이 시작되었다.

 격보(隔步)!

 짧게 바닥을 박찬 살극달이 다시 전권으로 뛰어들었다. 그리고 사방을 향해 양손을 번갈아 뻗었다. 그의 주먹이 살아 있는 뱀처럼 기묘한 각도로 꺾이더니 난무하는 칼들을 모조리 피해 세 사내의 상박을 가차없이 두들겼다.

 퍼퍼퍽!

 세 명의 사내는 앞서 두 사내가 그랬던 것처럼 앞다투어 고꾸라졌고, 쓰러졌으며, 엎어져 꺽꺽거렸다.

 어떤 자는 신물을 게워냈고 어떤 자는 토악질을 해댔다. 그러다 조금 정신을 차리는 순간 그들은 누가 먼저랄 것도 없이 기절한 자들을 둘러메고 줄행랑을 놓았다.

 언감생심 자신들의 상대가 아님을 한 번의 격돌로 뼛속까지 깨달은 것이다.

 하지만 쉽사리 도주를 하지 못한 사람이 있었다.

 조맹적은 싸늘한 한기가 등뼈를 훑고 지나가는 걸 느꼈다.

 눈앞의 사내가 원강오견(元江五犬)을 쓰러뜨리는 데 뻗은 주먹은 모두 다섯 번. 술 취한 사람의 그것처럼 느리고 단순해 보이던 동작 속에 실은 범상치 않은 무리가 숨어 있었던 것이다.

조맹적은 뒤늦게 범을 건드렸다는 걸 깨달았다.

원숭이도 나무에서 떨어질 때가 있다더니 눈썰미라면 누구에게도 뒤지지 않는 그가 치명적인 실수를 했다.

달아날 수도 없었다.

조맹적은 마치 두 개의 칼끝이 자신을 노려보는 것 같다는 착각이 들었다. 한 걸음이라도 옮기는 순간 그 칼끝이 날아와 자신의 두 눈에 박힐 것만 같았다.

살극달이 한 걸음 다가섰다.

"오, 오지 마라. 오지 마!"

조맹적이 손사래를 치며 물러났다.

하지만 살극달은 걸음을 멈추지 않았고, 계속해서 물러나던 조맹적은 왠지 모를 허전함에 뒤를 돌아보았다. 십여 장 아래의 낭떠러지가 커다란 아가리를 벌리고 있었다.

이 순간 조맹적은 심각하게 갈등했다.

지금 그의 소매 속에는 짧은 오초검 두 자루가 숨겨져 있었다. 이걸 뽑아서 기습을 시도해 볼 것인가, 아니면 이대로 패배를 자인할 것인가.

조맹적은 전자를 택했다.

이대로 포기하기엔 이십 년을 갈고닦은 그의 성명절기 월몽검(月蒙劍)이 너무나 아까웠다.

"갈!"

우렁찬 기합과 함께 소매 속에서 빠져나온 오초검 두 자루가 살극달의 심장을 좌우로 찔러갔다.

실로 전광석화와 같은 동작이었다.

오초검은 정확히 살극달의 심장을 관통했다. 하지만 살극달은 죽지 않았고, 조맹적 역시 살과 뼈를 가르는 감촉을 느끼지 못했다.

그냥 허공을 휘저은 듯했다.

'뭐지?'

허전함이 오싹함으로 바뀌는 순간 조맹적은 하복부에서 시작된 충격이 내장을 뒤집고 머리끝으로 솟구치는 것을 느꼈다. 그것이 고통이라는 것을 인지하기도 전에 세상이 깜깜해졌다.

혼절한 것이다.

"우웨애액!"

강한 역기를 느끼며 깨어난 조맹적은 내장을 모두 쏟아낼 것처럼 토악질해 댔다.

쉰 몇 해를 살아오면서 맹세코 이토록 지독한 고통은 처음이었다. 마치 누군가 뱃속에 손을 넣어 내장을 온통 휘저어놓은 것 같았다.

그때 바로 그 누군가가 호리병을 내밀었다.

"한잔하겠소?"

조맹적을 이렇게 만든 놈이었다.

그는 작은 바위에 걸터앉아 조맹적을 내려다보고 있었다.

"내게 무슨 짓을 한 거요?"

"오랜만에 힘을 썼더니 힘 조절이 잘 안 됐소. 미안하오."

미안해?

제 돈을 빼앗으려 한 강도에게 미안해?

'뭐 이런 새끼가 다 있지?'

"싫으면 어쩔 수 없고."

살극달이 호리병을 다시 거두려 했다.

조맹적은 재빨리 호리병을 낚아채 벌컥벌컥 들이켰다. 맑은 죽엽청이 식도를 타고 내려가자 그제야 속이 좀 풀리는 것 같았다.

"이곳에서 오랫동안 살았다고 했소?"

"……?"

"아까 그랬잖소. 길에서 만났을 때."

조맹적은 소매로 입가를 닦으며 살극달을 살폈다. 대체 저 짐승 같은 놈은 여기서 왜 무덤을 파고 있었던 걸까?

혹시 사악한 마공을 수련하는 마인일까?

한순간 섬뜩한 느낌이 들었지만, 조맹적은 이내 그건 아니라는 것에 생각이 미쳤다. 만약 그렇다면 석 달 전 이곳에서 일어난 혈사에 대해 궁금해할 리가 없는 것이다.

그러고 보니 처음부터 자신을 기다렸다고 하지 않았던가.

필시 무슨 이유가 있을 터. 한 가닥 살길을 엿본 조맹적은 재빨리, 그러나 서두르는 기색을 숨기며 대답했다.

"얼추 십수 년 되어가오만."

"하면 이곳 사정에도 정통하겠구려."

"흰 털이 하나도 없을 때 이곳으로 흘러들어 와 온갖 흉험한 꼴을 겪으며 오늘에 이르렀소. 원강은 물론이거니와 근동 백 리 안에서 벌어지는 일치고 이 조맹적이 모르는 일은 없을 거외다."

"이곳에서 일어난 일에 대해서도 아시오?"

"이곳?"

"여기 혈사곡 말이외다."

"혈사곡에 혈사가 일어난 게 한두 번이라야지. 그래서 이름도 혈사곡이 아니오."

"석 달 전의 일이라면 얘기가 되겠소?"

조맹적은 아주 무섭고 더러운 얘기를 들은 것처럼 몸을 한 차례 부르르 떨고는 말했다.

"그 얘기라면 아는 바 없소."

"몰라도 아셔야 할 게요."

"그게… 무슨 말씀이오?"

"이미 선금을 받았잖소. 남의 돈을 공으로 먹으려 들면 안 되지."

"……!"

조맹적이 훔쳐 간 사금을 말하는 것이었다.

하지만 조맹적의 수중엔 이미 그 사금이 없었다. 흠씬 두들겨 맞고 도망갈 줄도 모르고 원강오견을 끌어들이는 데 탕진해 버렸기 때문이다.

이제 와서 원강오견에게 돌려받을 수도 없었다. 그 개 같은 놈들은 수중에 한번 돈이 들어오면 다시 토해내는 법이 없었다.

굳이 돌려받자면 칼부림을 벌여야 하는데, 그건 또 그것대로 고역이었다.

결국 눈앞의 사내와 결판을 내야 한다.

사정을 설명하면 없던 일로 여겨줄까?

아닐 것이다.

이미 작심을 하고 함정을 판 듯한데, 그냥 넘어갈 리가 없었다. 분명히 좆값을 치르게 한다는 명목으로 흠씬 두들겨 팰 것이다.

그리고 결국엔 제 마음대로 부리겠지?

'제기랄, 제대로 걸렸군.'

조맹적은 등이 축축해지는 것 같았다.

"긴장할 것 없소이다. 내게는 아주 중요한 일이지만 노인장에겐 그리 힘든 일도, 위험하지도 않은 일일 테니까."

살극달이 말했다.

조맹적은 기분이 더 더러워졌다.

꼬박꼬박 공대를 받기는 하는데 어쩐지 하대를 받는 것보다 더 불편했다. 마치 턱밑에 칼을 붙인 채 예를 받는다고나 할까. 피할 수 없는 일이라면 정면으로 돌파할밖에.

조맹적은 길게 한숨을 쉰 후 말을 이었다.

"석 달 전이었소……."

살극달의 말처럼 혈사곡에서 혈사가 벌어진 것은 석 달 전이었다.

정확하게 말하면 무슨 일이 벌어졌는지는 알 수 없고, 피가 시냇물이 되어 흘러내리는 것을 이상하게 여긴 나무꾼이 시내를 따라 올라오다가 섬뜩한 광경을 목격했다.

복면으로 얼굴을 숨긴 괴인 백여 명이 말을 타고 다니며 쓰러진 자들을 하나씩 찾아 확인 사살을 하고 있었던 것이다.

나중에 그들이 가고 난 뒤 나무꾼이 죽은 자들의 숫자를 세어보니 대략 삼십여 명이었다. 그들의 몸엔 하나같이 화살이 수십 발씩 박혀 있었다.

미루어 짐작하자면 죽은 자들이 협곡으로 들어오는 순간 좌우의 벼랑 위에 매복하고 있던 자들이 화살로 일차 공격을 하고, 적들이 혼비백산한 틈을 타 협곡으로 진입, 말을 달리며 목을 친 것이다.

"나무꾼의 눈이 날카롭소."

"그럴 리가. 내가 꼬치꼬치 캐묻고, 그 작자가 그려준 걸 바탕으로 유추한 것이오. 하지만 확신할 수 있소이다."

"무덤은 누가 만들어준 거외까?"

"괴인들이 가고 난 뒤 근동의 양민들이 만들어준 거외다."

"아는 사람도 아닌데 굳이 장례를 치러준 이유라도 있소?"

"여긴 묘족의 영향을 받아 미신을 믿는 사람들이 많소. 가까운 곳에 시체가 산더미로 쌓여 썩어가고 있으니 그냥 두면 원혼이 떠돌며 해를 끼칠까 봐 두려워한 것이겠지."

"통 쓸 만한 게 없군."

살극달이 성에 차지 않는다는 듯 손으로 턱을 만지작거렸다. 사금 반 냥에 대한 정보치고는 너무나 부실하다는 얘기였다.

별말이 아니었지만 조맹적은 등이 축축해지는 것 같았다. 그의 오랜 경험으로 볼 때 강호엔 온갖 미치광이가 돌아다닌다. 그런 놈일수록 겉보기엔 멀쩡한 법인데, 눈앞의 이 사내가 그런 미치광이가 아니라는 보장이 없었다.

조맹적은 사내를 흡족시키기 위해 필사적으로 기억을 더듬었다. 그러다 마침내 한 가지를 기억해 냈다.

"그러고 보니 그날 나무꾼이 이상한 걸 한 가지 보았소."

살극달이 호기심 어린 표정으로 조맹적을 보았다.

심연처럼 착 가라앉은 눈빛이었다.

조맹적이 마른침을 한 번 꼴딱 삼킨 후 서둘러 말을 이었다.

"죽은 자들이 자줏빛 노을이 수놓인 문장기(紋章旗)를 지니고 있었다고 했소."

"그런 문장기를 쓰는 곳을 알고 있소?"

"물론이오."

"어디?"

"자하부(紫霞府)요. 원래도 유명한 곳이지만 지금은 더욱 유명해졌지."

"왜 그렇소?"

"전쟁의 신(神)이 자하부로 가고 있거든."

"……!"

    *   *   *

  귀주성(貴州省)은 북서쪽으로는 사천과 운남을 연하고, 동남쪽으로 광서와 호광을 연한 고원지대였다.

성도는 귀양부(貴陽府).

귀양은 남만을 벗어나고도 내륙으로 한참이나 들어온 도시였지만 날씨는 여전히 후덥지근했으며 삼 일 연속 맑은 날이 드물었다. 그래서 이름도 볕이 귀하다는 뜻에서 귀양이었다.

대장원이 있었다.

흑림(黑林)의 광활한 숲을 배경으로 삼 장 높이의 붉은 담장이 십 리를 달리고, 고래 등 같은 기와지붕이 장장 십만 평의 대지 위에 펼쳐진 이 장원의 이름은 자하부(紫霞府).

흑림에 자줏빛 안개가 자주 끼어 자하부라 이름 지어진 이곳은 천하십패(天下十覇) 중 한곳이자 자타가 공인하는 귀주성 제일의 문파였다.

이른 아침임에도 불구하고 자하부로 이어진 대로의 양쪽 개활지에는 수백 명의 사람이 진을 치고 있었다.

평범한 양민은 거의 없고 대부분이 칼을 찬 무림인들이었는데, 개중에는 기형 병기를 들거나 괴이한 용모를 지닌 사람들도 적지 않아서 자하부의 정문 앞은 인간 군상의 전시장을 보는 듯했다.

여기에 때아닌 주점까지 성행했다.

서리만 대충 피할 수 있도록 커다란 차양을 치고 그 아래에 탁자 몇 개를 뿌려놓은 게 시설의 전부였다.

하지만 그나마 어지간히 무명(武名)을 알린 자가 아니고서는 한자리 차지하기도 어려웠다.

모여든 사람들에 비해 간이주점의 숫자가 너무나 적었기 때문이다.

이렇듯 사방이 어수선한 가운데 일단의 무리가 말을 타고 등장했다. 숫자는 대략 십여 명. 피풍의에 죽립을 깊게 눌러쓴 자들은 자하부를 향해 다가오다 수문무사들에 의해 가로막혔다.

"신분을 밝히시오!"

청의의 수문무사 중 황의를 입은 자가 말했다.
죽립인 중 하나가 말을 탄 채 앞으로 나서며 일갈했다.
"우리가 누군 줄 몰라?"
"짐작은 하오만, 그래도 절차란 게 있어서……."
"이런 시건방진!"
죽립인이 말에서 훌쩍 뛰어내리며 황의인을 향해 성큼성큼 다가갔다. 흑갈색의 준마 한 필이 머리를 돌려 그를 가로막았다.
마상에는 또 다른 죽립인이 타고 있었다.
아마도 그가 무리의 좌장인 듯 당장에라도 검을 뽑을 듯 다가가던 땅 위의 죽립인이 공손히 허리를 숙였다.
마상의 죽립인이 손가락 끝으로 자신의 죽립을 살짝 추켜올렸다. 죽립 속에 숨어 있던 얼굴이 백일하에 드러났다.
이마 위로 흘러내린 탐스러운 머리카락, 그 아래 자리 잡은 별빛 같은 눈동자, 그리고 그린 듯 아름다운 이목구비…….
놀랍게도 그는 여인이었다.
그것도 심장이 짜르르 울릴 정도로 아름다운.
사람들이 웅성거리기 시작했다.
"조빙빙이다."
"조빙빙? 오공녀(五公女) 조빙빙?"
"소문대로 대단한 미녀인걸."
"미녀라는 소문만 듣고 냉혈한이라는 소문은 못 들었나 보군. 주둥아리 조심하게. 여차하다간 칼침 맞는 수가 있으니. 오죽하면 별호가 소리비검(笑裏秘劍)일까."

군웅의 웅성거림이 파도처럼 번져 가는 사이 그녀를 알아본 황의무사가 얼른 신색을 바꾸었다.

"어서 오십시오. 수문각주 하상도입니다."

마흔 살의 하상도가 방년의 조빙빙에게 허리까지 숙이며 예를 갖췄다. 상대는 전대 부주였던 뇌정신군(雷霆神君) 독고정의 다섯 번째 제자. 일개 각주 따위가 나이를 앞세워 경시할 수 있는 인물이 아니었다.

"수문각주는 이자담, 이 노대야 아니었던가요?"

아찔하도록 맑은 가운데 한줄기 힘이 서린 목소리가 흘러나왔다. 여인이기 이전에 뇌정신군의 진전을 이은 고수인 것이다.

"이 노대야는 일신상의 이유로 보름 전에 일선에서 물러났습니다. 이제부턴 제가 수문각을 통솔하게 됩니다."

이자담은 평생을 자하부에서 잔뼈가 굵은 칠순의 노강호였다. 그의 강직한 성품과 무림인으로서의 경험을 높이 산 뇌정신군이 오래전 수문각주에 임명, 오늘에 이르렀다.

그는 뼛속까지 원칙주의자였다.

수상한 마차가 들락거릴라 치면 신분 고하를 막론하고 철저하게 검색을 했으며, 만에 하나 문제가 있으면 끝까지 추적해 뿌리를 뽑았다.

바로 그런 이유 때문에 마찰도 많았다.

음모에 휘말려 하야를 당할 뻔한 적도 여러 번. 하지만 뇌정신군은 끝까지 그의 자리를 지켜주었다.

그 세월이 벌써 십수 년이다.

그런 그가 느닷없이 일선에서 물러난 것이다.

비단 어제오늘만의 일은 아니었다.

언제부턴가 자하부 내의 요직들은 어떤 힘에 의해, 혹은 어떤 세력에 의해 하나씩 물갈이되고 있었다.

"이 사람들은 다 뭐죠?"

조빙빙이 주변을 돌아보며 물었다.

"구경꾼들입니다."

"무얼 구경한다는 거죠?"

"알고 오신 게 아니었습니까?"

"금사도(金砂島)로 갔다가 한 달 만에 돌아오는 길이에요. 무슨 일이 있었나요?"

금사도는 광서성 남쪽 오백 리 지점에 있는 일종의 교역 섬으로 자하부는 그곳에서 해동, 왜국, 안남 등지에서 온 상인들과 무역을 했다.

내륙에 있는 자하부가 바다를 통해 무역할 수 있었던 건 사통팔달로 뚫린 수로 덕분이었다. 규모 역시 만만치 않아서 자하부의 수입 칠 할이 금사도에서의 무역으로 만들어졌다.

조빙빙은 바로 그 상단(商団)을 관리했는데 얼마 전 엄청난

양의 물자를 싣고 금사도로 향하던 상선 십여 척이 정체를 알 수 없는 해적들에게 약탈을 당했다.

조빙빙은 즉각 상단의 무사들을 이끌고 추격했지만 소용없었다. 물자는 열 척의 상선과 함께 증발해 버린 후였다.

평소 친분을 쌓아둔 해적 소굴 몇 곳을 찾아가 수소문도 해봤지만 전혀 실마리를 찾을 수가 없었다.

해적은 해적이 가장 잘 안다.

그들이 모르면 정말로 찾을 수가 없다.

결국 신생 해적단이 나타났다고 잠정적인 결론을 내린 조빙빙은 자신들이 잃어버린 물품이 교역 시장에 나올 때 즉각 연락을 달라는 말만 남기고 귀환을 했다.

그런데 그녀가 없는 한 달 사이에 자하부에 큰일이 벌어진 것이다.

"이런 강호에 파다한 소문을 오공녀께서만 모르셨군요. 놀라지 마십시오. 노룡, 자하부로 온답니다."

"그가 누구죠?"

"전쟁의 신 노룡 말입니다."

"……!"

조빙빙의 얼굴이 일순 창백해졌다.

그녀와 함께 온 상단의 무사 십여 명도 크게 동요했다.

대체 이게 무슨 일인가?

천하를 뒤져도 나타나지 않던 노룡이 어이하여 나타났으

며, 또 무슨 연유로 자하부로 온다는 건가?

"어떻게 된 거죠?"

"일공자(一公子)께서 광동의 바닷가에 은거 중인 노룡에게 수차례 사람을 보내는 한편, 철기대주로 하여금 십고초려(十顧草廬) 끝에 모시고 귀환하도록 하셨습니다."

"대사형께서요?"

조빙빙은 또 한 번 놀랐다.

노룡이 나타났다는 것도 놀랍지만, 그를 발견하고 회유에 성공한 사람이 일공자 이천풍이라는 것은 더더욱 놀라웠다.

이건 단순한 노룡의 등장 그 이상의 의미가 있었다. 조빙빙은 지금까지와 달리 평정심을 잃고 떨리는 목소리로 물었다.

"자미원(紫薇垣)에서는 알고 있나요?"

"글쎄요."

하상도가 난감한 표정을 지으며 얼버무렸다.

자미원은 북두성 북쪽에 있는 성좌에서 이름을 따온 것으로 지고한 존재인 자하부주의 거처를 일컫는 말이었다.

자하부에서 벌어지는 모든 일은 당연히 가장 먼저 자미원으로 보고가 되어야 하고, 자미원은 자하부에서 벌어지는 일에 대해 모르는 것이 없어야 한다.

이것이 사람들의 일반적인 상식이다.

하지만 하상도는 '글쎄요'라고 했다.

경을 쳐도 단단히 쳐야 할 일이지만 조빙빙은 화를 내지 않왔다. 자미원으로 향하는 보고가 끊어진 것이 어제오늘의 일이 아니기 때문이었다.

"술이나 한잔씩들 하고 있어."

조빙빙이 후방의 죽립인들을 향해 명령을 내렸다. 십 인의 죽립인이 군례처럼 한쪽 팔을 가슴에 대고 고개를 숙이는 사이 조빙빙은 천천히 정문으로 사라졌다.

第三章
자미원(紫薇垣)의 여자

비룡잠호

 붉은 혜성이 사흘 밤을 달려 자미성(紫微星)을 침범하던 그 해, 땅에서는 무적의 고수가 나타나 일만의 마병(魔兵)을 거느리고 대륙을 가로질렀다.
 청해의 곤륜파(崑崙派)를 시작으로 사천의 아미(峨嵋), 당문(唐門), 청성(靑城), 섬서의 화산(華山), 종남(終南), 하남의 소림(少林), 호광의 무당(武当), 남직예의 남궁세가(南宮世家)와 차례로 격돌하며 파죽지세로 남하하던 무적자는 장강을 건너 마도의 성지 십만대산(十万大山)에 뿌리를 내리려던 중 뜻하지 않은 복병을 만났다.
 광서의 광활한 밀림 속 깊은 곳에 은거하고 있던 정체불명의 잠룡과 맞닥뜨린 것이다.

사납고 호전적인 야만의 전사 오백을 이끌고 나타난 잠룡은 흑수하(黑水河)를 경계로 일만의 마병과 대치, 장장 한 달에 걸친 혈전 끝에 일만 마병 대부분을 굽이치는 흑수하 강물에 쓸려 보내는 압승을 거두었다.

누구도 예상 못한 일이었다.

전쟁은 새로운 국면을 맞았고, 후일을 도모하며 밀림을 빠져나가려던 무적자와 그의 마병들은 미지의 독충과 무서운 괴질, 그리고 밤마다 기습을 해오는 야만의 사신(死神) 같은 전사들에게 끊임없이 시달려야 했다.

시간이 흐를수록 마병들은 뿔뿔이 흩어졌고, 지친 몸을 이끌고 마지막까지 저항하던 무적자는 어느 이름 모를 늪에서 야만의 전사들이 쏜 삼백 발의 독화살을 맞고 쓸쓸히 죽어감으로써 사실상 정마대전의 종지부를 찍었다.

천하의 시선은 이제 마도로부터 무림을 구한 남만의 잠룡에게로 쏠렸다. 강호인들은 모든 전력을 동원해 잠룡의 내력을 추적했다. 그러다 마침내 그가 남만의 묘족들 사이에서 '늙은 용'이라 불린다는 것을 알아냈다. 하지만 '늙은 용'은 홀연히 종적을 감추었고, 이후로는 아무도 보지 못했다.

그리고 십 년이 흘렀다.

흑림의 초입에 자리한 자하부는 흐르는 계곡물과 천연의

수림을 최대한 훼손하지 않는 선에서 담장으로 구획을 짓고, 그 사이사이에 크고 작은 전각들이 둥지처럼 들어선 작은 왕국이었다.

삼십 년 전만 해도 불모지나 다름없던 이곳에 처음 뿌리를 내린 사람은 뇌정신군 독고정이라는 거인이었다.

남무림 최강의 검사이자 무림십대고수의 일인이었던 그는 작은 산채에 불과했던 자하부를 단 이십 년 만에 귀주성 제일의 문파로 일구었고, 십 년 전 마교가 대륙을 폭풍처럼 휩쓰는 와중에도 의연히 지켜냈다.

하지만 반년 전 모든 상황이 돌변했다.

뇌정신군 독고정이 의문의 죽음을 당했기 때문이다. 절대자의 죽음은 평화롭던 자하부를 폭풍 속에 던져 놓았다.

배후를 두고 온갖 흉험한 소문이 떠도는 가운데 뇌정신군의 유일한 혈육이던 독고설란은 아버지의 죽음을 슬퍼할 겨를도 없이 경동하는 자하부를 이끌어야 했다.

경동의 중심에는 오성군(五聖君)이 있었다.

십수 년 전 뇌정신군은 딸인 독고설란을 포함 대륙에서 가장 뛰어난 다섯 명의 기재를 골라 제자로 삼았다.

나이에 따라 이천풍이 일공자가 되었고, 막수혼이 이공자, 엽사담이 삼공자, 자하부의 영애 독고설란이 사공녀, 마지막으로 그때까지만 해도 자하부 산하 상단의 행수에 불과했던 조빙빙이 막내인 오공녀가 되었다.

다른 사형제들과 달리 조빙빙의 경우는 무재보다 상재가 뛰어나 발탁된 경우였다.

뇌정신군은 자신의 사후 이들 사형제가 독고설란의 든든한 배경이 되어주길 바랐고, 그땐 상재가 뛰어난 사람도 필요하다고 여긴 것 같았다.

하지만 결과적으로 그의 계획은 실패했다.

뇌정신군은 너무나 빨리 죽어버렸고, 독고설란은 아직 힘을 기르지 못한 반면 그녀를 주군으로 섬기기엔 오성군이 너무나 커버렸다.

그들의 문제는 하나의 산에 다섯 마리의 호랑이가 살면서부터 이미 예고된 것이었다.

노골적인 반목이 시작되었다.

실제로도 오성군 휘하의 고수들 수십 명이 죽어나갔다.

일단 피를 보자 상황은 악화일로로 치달았다.

그들은 서로를 향해 거침없이 이빨을 드러내며 전쟁을 시작했다.

첫 번째 전쟁은 사냥이었다.

일공자 이천풍은 자하부의 상징적인 무력 철기대(鐵騎隊)를 삼켰다. 이공자 막수혼은 야수처럼 사나운 혈랑대(血狼隊)를 얻었다.

자하부의 명을 받드는 두 개의 타격대였지만 일공자와 이공자의 허락 없이는 단 한 명도 움직일 수 없는 상황이 되어

버렸다.

 철기대와 혈랑대를 모두 놓쳐 버린 삼공자 엽사담은 휘하의 수하 삼 할과 외부에서 데려온 정체불명의 고수 칠 할을 모아 스스로 흑풍대(黑風隊)를 만들었다.

 후발 주자였지만 흑풍대는 단숨에 철기대와 혈랑대를 위협할 만큼 성장했다. 삼공자를 빼고는 후계 구도를 논할 수 없게 됐다.

 두 번째 전쟁은 동맹이었다.

 일공자는 미지의 세력 비각(秘閣)과 손을 잡았다. 정확한 숫자도 알 수 없고, 구체적으로 어떤 일을 하는지도 모르지만 전 중원을 살필 수 있는 눈과 귀가 일공자의 수중에 떨어졌다는 것만은 확실했다.

 이공자는 삼뇌(三腦)와 손을 잡았다.

 자하부에서 가장 뛰어난 세 명의 지자들이었으니, 그들이 지닌 권위와 힘은 비각의 각주에 비할 바가 아니었다.

 삼공자는 정보도 지낭도 놓쳤다.

 그는 도태되었고, 이후 후계 구도에서 제외되었다. 하지만 흑풍대를 확실하게 장악함으로써 제 몫은 챙길 수 있게 됐다. 일공자든 이공자든 흑풍대를 적으로 돌리는 순간 거사에 성공할 수 없을 테니까.

 일, 이, 삼공자가 발 빠르게 움직이는 동안에도 오공녀는 상단 일을 예전과 다름없이 해왔다. 마치 모든 싸움에 초탈한 듯. 하지만 결과적으로 그녀는 힘을 지니게 됐다. 자하부의 금력을 손에 넣은 것이니까.

사공녀 독고설란은 아무것도 가지지 못했다.

무력도 없고, 지낭도 놓쳤으며, 금력도 지니지 못했다.

아니, 그 모든 것을 빼앗겼다.

그녀는 방치되었고, 고립되었다.

그런 상태에서 세 번째 전쟁이 시작되었다.

세 번째 전쟁은 일공자와 이공자의 싸움이었다.

독고설란의 수신호위들이자 자미원의 마지막 수호자였던 혈귀대(血鬼隊)의 고수 삼십이 혈사곡을 지나던 중 미지의 세력에게 몰살을 당했다.

그 소식이 가장 먼저 이공자에게 전해진 것은 우연인지 필연인지 지금도 알 수 없다.

이공자는 혈귀대가 부재중인 틈을 타 혈랑대를 이끌고 자미원을 봉쇄해 버렸다. 독고설란의 안전을 위한다는 명목이었지만, 실제로는 그가 독고설란을 인질로 사로잡았다는 걸 모르는 사람은 없었다.

이 일의 배후엔 삼뇌가 있었다.

본시 자하부의 모든 인사권은 부주가 지녔고, 부주의 의지는 삼뇌의 입을 통해 공표되었다.

하지만 삼뇌의 조언을 받은 이공자는 이를 역이용, 부주인 독고설란을 인질로 삼아버림으로써 사실상 자하부의 모든 인사권을 좌지우지하게 되었다.
 그런 상황에서 노룡이 등장했다.
 살아 있는 전설이자 전쟁의 신. 그는 과연 삼뇌를 제거하고 이천풍에게 자하부를 쥐어줄 수 있을까.

 계곡을 건너 소로를 따라 걸은 지 일다경, 붉은 사자상이 나타났다. 자미원의 경내를 알리는 표식이었다.
 여기서부터는 허락을 받지 않은 자, 함부로 발을 들여놓을 수가 없었다. 오래전부터 엄하게 내려온 율법 때문이다.
 자타가 공인하는 바 뇌정신군은 폭군이었다.
 적을 처단함에 있어 한 줌의 인정을 베푸는 법이 없었으며, 역모는 뿌리까지 찾아내 철저히 피로써 응징했다. 자하부의 역사는 피의 역사라고 해도 과언이 아니었다.
 때문에 그는 적이 많았고, 자하부 내에서도 가장 심처에 속하는 이곳에 자미원을 짓고 금지로 선포했다.
 누구든 사전 허락 없이 병기를 휴대한 채 함부로 발을 들여놓았다간 죽음으로 그 대가를 치러야 한다.
 하지만 뇌정신군이 죽은 지금, 그 율법은 이공자가 경쟁자들로부터 독고설란을 지키는 강력한 도구가 되어버렸다.
 조빙빙은 거침없이 발걸음을 옮겼다.
 순간, 아까부터 암중에서 지켜보고 있던 아홉 개의 그림자가 그녀의 앞으로 떨어져 내렸다.

슈슈슈슉!

피처럼 붉은 두건을 이마에 두르고 귀면검(鬼面劍)을 허리에 찬 그들은 이공자의 명에 의해 자미원을 지키는 혈랑대였다.

"사공녀께서는 아직 기침 중이십니다."

얼굴 가득 검상을 다섯 개나 새긴 자가 말했다.

조용히 돌아가라는 말의 완곡한 표현이었다.

"사공녀가 아니라 부주시다."

사내의 얼굴이 일순 경직되었다.

조빙빙이 다시 말했다.

"비켜라."

"이러시면 곤란합니다."

스캉!

찰나의 순간 번쩍이는 섬광이 나타나 사내의 목전을 스친 후 조빙빙의 검갑으로 사라졌다.

황급히 물러서는 사내의 목덜미에 가는 혈선이 생겼다. 일 푼이라도 깊었다면 사내는 경동맥이 터져 피를 뿜었을 것이다.

발검(拔劍)과 동시에 상대의 요혈을 노리는 이 수법의 이름은 은잠어룡(隱潛魚龍), 조빙빙이 사부인 뇌정신군으로부터 사사한 열두 가지의 절기 중 하나였다.

혈랑대의 고수 아홉이 득달같이 검을 뽑아 들고 조빙빙을 에워쌌다. 무공의 고하를 떠나 적의를 느끼면 무조건 검을 뽑도록 고도의 훈련을 받았기 때문이다.

선공을 통해 기선을 제압하긴 했지만 혈랑대의 고수 아홉을 혼자서 상대하는 것은 조빙빙에게도 무리였다. 그러나 순순히 물러설 조빙빙이 아니었다.

"감히 오공녀인 내게 검을 겨눠? 네놈들이 정녕 죽고 싶어 환장을 한 게로구나!"

조빙빙이 갈무리했던 검을 반쯤 뽑는 순간,

"멈추십시오!"

나직한 음성과 함께 숲에서 한 사람이 걸어나왔다. 아마도 이들 아홉을 이끄는 십인장쯤 되는 위인인 모양이다. 작고 왜소한 체구에 눈매가 날카로운 매부리코의 사내는 조빙빙을 향해 공손히 읍을 했다.

"구조장 여제문입니다. 대신 사과드리겠습니다."

"사과 따윈 필요없다. 부주의 안전을 내 눈으로 확인해야겠다. 비켜라."

"그리하실 수 있도록 조치를 취하겠습니다."

여제문은 마지막까지 이 모든 것이 자신들의 허락하에 가능함을 분명히 하고는 수하들을 매섭게 노려보았다.

꿈쩍도 않던 아홉의 고수가 거짓말처럼 길을 텄다. 여제문이 다시 조빙빙을 향해 머리를 조아렸다.

"제가 모십지요."

자미원(紫薇垣)의 여자 69

조빙빙을 감시하려는 것이다.

하지만 조빙빙은 개의치 않았다.

어차피 독고설란이 혈랑대의 수중에 떨어진 이상 그들의 눈을 피하긴 어려웠다.

조빙빙은 여제문을 따라나섰다.

혈랑대가 자미원을 장악한 후 사람들은 독고설란을 찾지 않았다. 찾을 수가 없었다.

혈랑대는 이공자의 허락 없인 그 누구의 방문도 허락하지 않았다. 지위를 앞세워 어떻게든 뚫어보려는 자들에겐 어김없이 칼침을 놓았다.

여러 번의 경고도 없었다.

뒤탈도 없었다.

혈랑대의 뒤에 삼뇌가 있고 이공자가 있는데 무슨 뒤탈이 있을 수 있겠는가.

하지만 혈랑대도 조빙빙만큼은 어쩔 수 없었다.

그들이 막아서기엔 조빙빙의 신분이 너무나 대단했다. 그때마다 조빙빙은 독고설란이 필요할 것 같은 물건을 가지고 왔다.

여자들에겐 사내들은 모르는 이런저런 물건이 많이 필요한 법인데 혈랑대 놈들이 그런 것까지 신경을 써줄 리 없었다.

여제문을 따라 일각 정도 흐르자 우거진 숲 속에 자리 잡은 아담한 소장원이 나타났다.

중앙의 큰 건물을 필두로 일곱 개의 작은 누각이 자미성좌의 일곱 별처럼 뿌려져 있었다. 앞쪽엔 잉어가 노니는 연못과 화단이 어우러진 정원이 있었고, 정원의 앞쪽엔 삼백여 평의 공터가 있었다.

전날 뇌정신군이 무예를 수련하던 개인 연무장이었다. 연무장과 정원은 잡초로 무성하고 지붕엔 이끼가 가득했다.

조빙빙이 마지막으로 자미원을 찾았을 때만 해도 이곳엔 세 명에 달하는 시비가 상주했다. 하지만 어쩐 일인지 지금은 한 명도 보이질 않았다.

대신 무려 오십에 달하는 혈랑대의 고수들이 이곳저곳에 방만한 자세로 퍼질러 앉아 낮잠을 자거나 검을 닦거나 혹은 이런저런 소일로 시간을 보내고 있었다.

적이 침범할 수 있는 동서남북 사방에 번을 서는 자들을 제외하곤 모두 모여 있는 것이다.

조빙빙과 여제문을 발견한 이들이 뒤늦게 검을 잡고 어슬렁어슬렁 일어났다. 서두르는 기색도 없고 존경의 표시도 없었다.

조빙빙은 인상을 찌푸렸다.

어제오늘의 일이 아니었다.

자미원을 장악한 후 혈랑대는 줄곧 이곳 자미원에 상주했다. 언제 어디서 일공자의 철기대가 쳐들어올지 모르니 항시

준 전투태세인 상태로 노숙을 했다.

조빙빙은 그들 사이를 걸었다.

곳곳에서 진한 살기가 느껴졌다.

혈랑대는 그 하나하나가 일류고수들로 이루어진 그야말로 전투귀신들이다.

저들 오십이 모두 덤빈다면 조빙빙은 촌각도 지나지 않아 수백 개의 육편으로 화하리라.

조빙빙이 서늘한 한기를 느끼며 그들을 통과했을 때 초대형의 목조건물이 나타났다. 오지산 정상에서 벌목한 수천 개의 교목(喬木)을 우물 정(井) 자로 이층 높이까지 쌓아올린 이 건물의 이름은 천추루(天樞樓). 북두의 일곱 별 중 가장 빛나는 별의 이름에서 따온 것이다.

천추루의 입구 계단에 한 사람이 앉아 있었다.

왼쪽 눈을 가로지른 검상에 혈랑대의 대원 모두가 그러하듯 귀면검 한 자루를 가슴에 품었는데 전신에선 싸늘한 한기가 뿜어져 나왔다. 이공자의 심복이자 혈랑대의 대주인 표길량이었다.

그는 별 놀라는 기색도 없이 천천히 일어나더니 조빙빙을 앞에 세워둔 채 여제문을 노려보았다. 여제문이 그에게 다가가 귓속말을 전했다.

잠시 후 표길량이 뒤늦게 조빙빙에게 포권을 했다.

"오랜만입니다, 오공녀."

"개소리 집어치우고 문이나 열어."
"여전하시군요."
스캉!
조빙빙의 별호에서 딴 성명병기 소리비검이 섬전처럼 뽑혀 나와 표길량의 턱밑에 붙었다.
"너 따위 인간과는 말 섞고 싶지 않아. 어서 문 열어!"
"섭섭하군요."
예기가 짜르르 울리는 보검을 턱밑에 붙이고도 표길량은 눈썹 하나 까딱하지 않았다. 그는 태연히 두 손을 뻗어 조빙빙의 검신을 잡았다.
조빙빙이 천천히 검파를 놓았다.
소리비검은 표길량의 수중으로 떨어졌다.
원래부터 있어온 절차였다.
혈랑대는 모든 방문자를 거절했지만 유일하게 조빙빙만은 억지로나마 허락을 했다.
그때마다 한 가지 조건을 내걸었다.
무장 해제다.
만에 하나 조빙빙이 독고설란을 제거해 버리는 경우를 막기 위해서였다.
그들은 조빙빙조차 믿지 못했다.
"오랜 시간은 못 드립니다."
표길량이 음산하게 웃으며 옆으로 비켜났다.

조빙빙은 천추루의 문을 열고 들어갔다.

천추루를 들어서자마자 가장 먼저 보인 것은 공동을 방불케 할 만큼 드넓은 공간이었다. 이어 남북으로 길게 뻗은 초대형의 탁자가 보였다.

뇌정신군이 살아 있을 당시 자하부의 수뇌들을 도열해 놓고 장원의 대소사를 결정하던 집무실이다.

탁자의 끝에는 주변보다 반 장 정도 높이 쌓은 단이 있고, 그 단의 정중앙에 용과 봉이 날아갈 듯 호방하게 조각된 태사의가 있었다.

태사의는 비어 있었다.

조빙빙은 이층으로 난 계단을 따라 올라갔다.

잠시 후 이층의 광경이 눈에 들어왔다.

일체의 칸막이 없이 군데군데 아름드리 교목으로 기둥을 세우고 벽면을 따라 천장까지 닿은 책장으로 빙 두른 이곳은 일종의 서고였다.

한 사람이 사다리에 올라가 책을 뽑고 있었다.

단정한 백의 단삼에 삼단 같은 머리카락은 움직이기 좋도록 틀어 올려 쪽을 지었으며, 소매는 반쯤 걷어 올렸는데 야윈 팔목이 고스란히 드러났다.

독고설란이었다.

"왔어?"

조빙빙을 발견한 그녀가 반색을 하고 다가왔다.

야위고 창백했지만 그녀는 아름다웠다.

조물주는 모든 사람에게 똑같이 이목구비를 주었지만 독고설란에겐 좀 더 특별한 것을 준 것이 틀림없다. 그렇지 않고서야 저렇게 아름다운 자태가 나올 리 없었다.

조빙빙은 가끔 독고설란이 인간이 아닐지도 모른다는 생각을 했다. 그녀는 정말 이 세상 사람이 아닌 것 같았다. 마치 자하부 안에 또 다른 세상이 있고, 그곳에서 걸어나온 사람처럼.

하지만 그 아름다움도 이젠 시들어가고 있었다.

얼굴은 두 달 전보다 훨씬 야위었고, 정기로 가득하던 눈동자는 퇴색된 지 오래였다.

그건 희망을 잃은 눈, 공포에 질린 눈이었다.

독고설란의 거처는 서고의 한쪽 귀퉁이에 소꿉장난처럼 마련되어 있었다. 볕이 잘 드는 창문가에 침상을 붙여놓고 곁에는 작은 서탁 하나 놓은 것이 살림의 전부였다.

탁자의 가장자리에는 그동안 조빙빙이 가져다준 이런저런 규방 물품들이 소중한 물건처럼 보관되어 있었다.

그 옛날 대궐 같은 은하각에서 수십 명의 시녀를 부리며 호사를 누리던 것과는 너무나 대조적인 삶이었다.

"이리 와 앉아."

독고설란이 구석에서 무언가를 뒤적이며 말했다. 화톳불

에 주담자를 올리는 걸로 보아 찻물을 끓이려는 모양이었다.

가까이에서 본 그녀의 뒷모습은 더욱 초라했다. 언제 적부터 입기 시작했는지 모를 의복은 촌부의 딸처럼 누추했고, 허리는 앙상해 채 한 줌이 안 될 것 같았다.

누추한 와중에도 깨끗하게 빨아 입은 것은 마지막 남은 그녀의 자존심일 것이다.

'그렇게 아름답던 사람이……'

뇌정신군이 살아 있을 당시 독고설란은 자하부의 상징과도 같았다. 아름다움은 천하에 따를 여인이 없었고, 지혜롭고 현숙하기는 귀주무림에 소문이 자자했다.

중원 각처의 명문대파에서 보내온 매파가 줄을 이었고, 통인을 통해 연서를 보내오는 후기지수들이 끊이지 않았다.

그런 그녀가 어쩌다 저 지경이 된 걸까.

조빙빙이 의자를 빼고 앉자 독고설란이 서탁 위에 김이 모락모락 나는 찻잔 두 개를 올려놓았다.

"대접할 게 이것밖에 없어."

"언제까지 이러고 계실 거예요?"

"마셔봐. 아주 따뜻해."

"사저!"

조빙빙은 저도 모르게 다소 언성을 높였다.

찻잔을 두 손으로 들고 호호 불어가며 온기를 즐기던 독고설란의 얼굴이 먹먹하게 잠겨들었다.

"그 말… 정말 오랜만에 듣네."

어색한 침묵이 흐른 뒤에 조빙빙이 물었다.

"식사는 제때 하시는 거예요?"

"응, 아주 잘 먹어."

뼈쩍 마른 몸으로 그렇게 말을 하면 누가 믿어줄까. 독고설란도 그런 기색을 느꼈는지 겸연쩍게 웃었다.

"시비들은 다 어디로 갔죠?"

"내보냈어."

"왜요?"

"혼자 있는 게 좋아. 호호."

독고설란이 찻물을 식히기 위해 호호 불었다.

"거짓말하실 때마다 눈썹을 아래로 내리까신다는 거 아세요?"

"내가? 정말? 정말 그래?"

독고설란은 지금의 대화를 열여덟 살 소녀들의 수다쯤으로 여기나 보다. 그런 독고설란을 조빙빙은 말없이, 그러나 무서운 얼굴로 노려만 보았다.

잠시 후 독고설란이 입을 열었다.

"내가 다 죽였어."

"대체 왜……."

"내 일거수일투족을 감시했어. 밥을 먹을 때도, 잠을 잘 때도, 볼일을 볼 때도… 그들은 어딘가에서 나를 지켜보았어.

자미원(紫薇垣)의 여자 77

그리고 누군가에게 보고를 했지."

"지나친 억측 아니에요?"

독고설란이 고개를 돌려 조빙빙을 바라보았다. 그 눈동자에 섭섭함이 깃들어 있었다.

"너도 내가 미친년이라고 생각해?"

"사저."

"그 연놈들이 벌건 대낮에 내 방에서 알몸으로 뒹구는 걸 이 두 눈으로 똑똑히 봤어."

"……!"

이 한마디에 조빙빙은 모든 상황을 파악했다.

이공자 막수혼은 절세의 미남이다.

멀리서 그를 한 번 바라본 것만으로 애끓는 연모의 정을 품은 여인이 수십 명이요, 그것을 견디지 못해 스스로 목숨을 끊은 여인 또한 수 명이다.

막수혼 역시 제 잘난 것을 안다.

그는 자신의 용모를 이용 뭇 여인들을 사로잡았고, 여인들은 기꺼이 그의 간자가 되어주었다. 시비 역시 그의 마수에 걸려든 모양이었다.

"언제부터였죠?"

"아버지께서 돌아가시고 난 직후부터."

그땐 혈랑대가 자미원을 장악하기도 전이다.

그때부터 막수혼은 시비를 매수해 독고설란의 일거수일투

족을 감시했다. 독고설란이 혈귀대주의 수호를 받는 통에 가까이 접근할 수가 없자 술수를 쓴 것이다.

그러던 어느 날 혈귀대주가 혈사곡에서 주검으로 발견되었다. 그때까지만 해도 혈귀대주의 남만 행은 자하부에서 아는 이가 아무도 없었다.

독고설란은 가장 가까이 지내는 조빙빙에게조차도 비밀로 했다. 하지만 적들은 혈귀대의 남만 행을 알고 있었고, 혈사곡에서 매복하고 있다가 몰살을 시켰다.

독고설란은 혈귀대주의 죽음에 시비들이 직, 간접적으로 개입했다고 생각했다. 그날 이후 시비를 믿지 못하게 된 것이다.

'그러고도 뻔뻔하게 청혼을 했겠지.'

독고설란은 분노가 치밀었다.

막수혼이 독고설란을 인질로 잡은 후 계속해서 그녀에게 청혼을 하고 있다는 걸 자하부에서 모르는 사람은 없었다. 독고설란을 아내로 맞은 후 자하부를 삼키려는 것이다.

그건 청혼이 아니라 협박이고 거래였다.

그 모든 걸 떠나 그런 삶이 독고설란에게 행복할 리 없었다. 사내들은 가볍게 생각하는지 몰라도 같은 여자로서 조빙빙은 독고설란이 얼마나 모욕적이고 비참한 상황을 겪는 중인지 절절하게 느끼고 있었다.

"밥은 누가 지어 올리는 거죠?"

"표 대주가 내 것도 조금 갖다 줘."
"혈랑대가 주는 밥을… 먹는다고요?"
조빙빙은 눈을 동그랗게 떴다.
이건 결코 간단치 않은 문제였다.
독고설란에게 혈랑대는 점령군이다.
반대로 혈랑대에게 독고설란은 포로다.
포로가 된 독고설란이 점령군인 혈랑대가 주는 밥을 얻어먹어야 한다.
적이 독살을 시도할 가능성도 없지 않았다.
포로가 필요없는 순간이 오면 그들은 확실히 그렇게 할 것이다.
그걸 알면서도 독고설란은 적이 주는 밥을 또박또박 받아먹어야 한다. 독살은 나중의 위험이지만 굶는 것은 눈앞에 닥친 위험이기 때문이다.
가슴이 걸레가 되지 않으면 사람이 아니다.
"이것들을!"
조빙빙이 발끈하고 일어섰다.
독고설란이 황급히 조빙빙의 손을 잡았다.
"안 돼."
"사저!"
"바뀌는 건 아무것도 없어."
"하지만."

"단순한 실수가 아니야. 저들은 모욕을 주어 나를 길들이려는 거야. 삼뇌가 시킨 짓이지."

그걸 알면서도 두고만 보고 있었다고?

조빙빙은 갑자기 독고설란에게 더 화가 났다.

그 순간, 독고설란의 손바닥에서 이상한 감촉이 느껴졌다. 낌새를 알아차린 독고설란이 황급히 자신의 손을 숨겼다. 하지만 조빙빙은 이미 감촉의 원인을 알아버렸다.

'피!'

그건 분명 피였다.

독고설란은 검공을 수련하고 있었던 것이다.

물집이 터지고, 살이 해지고, 다시 피가 날 때까지.

비록 혈랑대에게 포로로 잡혀 있지만 그녀는 뇌정신군의 진전을 이은 절정의 고수다. 평생 검을 잡은 그녀의 손바닥에서 피를 보는 것은 절대 쉽지 않은 일이다.

상상을 초월하는 수련을 하고 있다는 얘기다.

그녀는 살아 있었다.

조빙빙은 다시 자리에 앉았다.

침묵이 흘렀다.

그러나 독고설란이 느닷없이 물었다.

"혹시 은하구곡(銀河九曲)에 가본 적 있어?"

은하구곡은 흑림의 동쪽 오지산(五支山)에 있는 계곡의 이름이다.

해마다 겨울이 되면 딱 사흘 동안 아홉 구비의 얼음폭포가 만들어지는데, 그 풍경이 마치 은하수를 부려놓은 것 같다고 해서 독고설란과 조빙빙이 붙인 이름이었다.

뇌정신군에게 무예를 사사하던 시절 두 사람은 수련이 끝나면 곧잘 은하구곡으로 달려가 계곡물에 발을 담그곤 했다.

그곳에서 남자들은 모르는 여자들만의 세계를 이야기하며 자매보다 깊은 정을 나누었다.

하지만 은하구곡으로 가려면 자하부의 중앙을 가로질러야 했다. 그 시절엔 호위를 떼어놓기 위해 깔깔거리며 달렸지만, 지금은 목숨을 걸어야 한다.

독고설란에겐 적진 한복판을 가로지르는 것이나 다름없었으니까.

"저도 안 가본 지 오래됐어요."

"곧 얼음이 얼겠지?"

"그렇겠죠."

"은하구곡의 얼음이 해마다 다르다는 거 알아? 삼 년을 주기로 가장 큰 얼음이 어는데 올해가 바로 그 삼 년째야."

조빙빙은 독고설란이 답답했다.

바깥이 얼마나 긴박하게 돌아가는 줄도 모르고 고작 은하구곡이나 얘기하고 있다니.

"천풍 사형이 노룡을 불러들였어요."

"들었어."

"곧 전쟁이 시작될 거예요."

"첫 번째 칼끝은 막 사형을 향할 거야."

"난 사저가 그걸 막아줬으면 좋겠어요."

"내가? 어떻게?"

방법을 묻는 게 아니었다. 내가 무슨 수로 그걸 할 수 있겠느냐는 말이다.

"사저는 자하부의 부주예요."

"정말 그렇게 생각해?"

조빙빙은 아무 말도 못했다.

독고설란이 자하부의 부주인 것은 엄연한 사실이었다. 하지만 그녀를 부주로 인정하는 사람이 과연 몇 명이나 될까?

이 문제에 관한 한 조빙빙도 예외일 수 없었다.

이 거대한 장원을 이끌기에 독고설란은 너무나 나약했다.

지금은 무력의 시대다.

우두머리의 나약함은 곧 무리 전체의 존폐와도 직결된다. 그런 차원에서 조빙빙 역시 독고설란은 부주로서 적합하지 않다는 생각을 오래전부터 하고 있었다.

그럴 바에야 차라리 세 명의 사형 중 한 명이 자하부를 이끄는 것이 전체를 위해 낫다고 생각했다. 다만 그 과정에서 독고설란이 피를 흘리는 일만큼은 막고 싶었다. 그녀가 모욕을 당하는 것만큼은 어떻게든 막아주고 싶었다.

그럴 가능성은 매우 희박했지만.

"방법이 아주 없는 것은 아니에요."
"내가 태사의를 내놓길 바라지?"
"……."
"분명하고도 확실하게 말할게. 난 절대로 그럴 생각이 없어. 그들이 이 자리를 원한다면 나를 죽여야 할 거야."
"왜 그렇게 부주의 자리에 집착하는 거죠?"
"혈귀대주가 죽음으로 지켜주려 했던 자리야. 이제 와서 내가 백기투항을 해버리면… 그에게 너무 미안하잖아."
"단지 그것 때문에?"
"내겐 그것으로 충분해."

독고설란의 한마디가 비수가 되어 조빙빙의 가슴에 박혔다. 혈귀대주 얘기만 나오면 조빙빙은 할 말이 없었다. 독고설란과 혈귀대주의 사이를 알기 때문이다.

조빙빙은 천천히 일어났다.

"벌써 가게?"
"필요한 거 있으면 말씀하세요. 다음에 올 때 가져다 드릴게요."
"괜찮아. 지금도 충분해."
"말씀해 보세요."
"실은 속곳이 좀……."
"알았어요."

그 말을 끝으로 조빙빙은 일어섰다.

독고설란은 일층의 입구까지 따라 나와 손을 흔들며 '그럼 잘 가'라고 말했다. 하지만 조빙빙은 뒤돌아보지 않았다.

   *   *   *

자미원을 나온 조빙빙은 곧장 청와각(靑瓦閣)으로 향했다. 자하부의 중심에 위치한 청와각은 커다란 마당을 가운데 두고 방원의 삼 층 건물을 빙 둘러싸 올린 이색적인 구조물이었다.

세월의 풍상을 겪은 탓에 지붕이 온통 푸른 이끼로 뒤덮였고, 그래서 이름도 푸른 기와집, 즉 청와각이었다.

송대에 이민족의 침략을 방어하기 위해 어느 소수 민족이 지었다는 이 건물은 동시에 팔백 명을 수용할 수 있으며, 안쪽의 마당에는 가축을 키울 수도 있다.

자하부에서는 지금 식당과 내방객들을 위한 거처로 쓰고 있었다.

조빙빙이 청와각으로 향한 것은 금사도에서 함께 돌아온 상단의 호위무사들과 아침을 먹기 위해서였다.

하지만 그들은 진작에 상단으로 돌아간 상태였다. 대신 다른 사람들이 드넓은 청와각을 통째로 차지하고 앉아 와자지껄 떠들며 식사를 하고 있었다.

용 같고 범 같은 사내들의 수는 대략 백여 명. 하나같이 용

두장검(龍頭長劍)을 허리에 찼는데 그 기백이 대단했다.

그때 작고 왜소한 체격에 유난히 깡마른 등짝 하나가 조빙빙의 눈에 들어왔다.

조빙빙은 무작정 그를 향해 걸어갔다.

그의 맞은편에 있던 사내 하나가 조빙빙을 발견한 후 그에게 속삭였다.

그가 천천히 뒤를 돌아보았다.

잘생기고 못생긴 건 피부 두께 일 촌의 차이다. 하지만 그 일 촌이 어떻게 조화를 이루느냐에 따라 운명이 바뀌고 팔자가 바뀐다.

사내는 지독한 추남이었다.

강퍅하게 빠진 턱에 이는 뻐드렁니고 코는 들창코였으며 광대뼈는 쓸데없이 튀어나와 시선을 끌었다.

하지만 눈빛만 횃불처럼 살아서 이글거렸다.

사내가 조빙빙을 알아보고 눈을 동그랗게 떴다.

"어……."

"귀신이라도 본 듯한 얼굴이네요?"

조빙빙이 양해도 구하지 않고 사내의 맞은편에 털썩 자리를 잡고 앉았다. 그리곤 역시 양해를 구하지 않고 탁자 위에 놓인 술병을 집어갔다.

그리고 병째로 들이켰다.

불같이 뜨거운 술이 목구멍을 지졌다.

"화주(火酒)잖아."

조빙빙이 술을 마시다 말고 호리병을 이리저리 돌려보며 말했다.

"다른 건 싱거워서. 순한 걸로 시켜줄까?"

"됐어요."

조빙빙이 다시 호리병을 꺾었다.

"금사도에 있는 줄 알았는데."

"아침에 돌아왔어요."

"아, 그래서 상단 무사들이 여기서 밥을 먹었군."

"사형은 여기 어쩐 일이세요?"

"산속에만 박혀 있었더니 심심해서 말이지."

사내는 삼공자 엽사담이었다.

흑풍대와 함께 오지산 깊은 곳에서 수련한다더니 어느새 자하부로 돌아온 것이다.

"다시 오지산으로 돌아갈 건가요?"

"당분간 장원에 머무를 생각이야."

일공자 이천풍과 이공자 막수혼이 줄곧 자하부에 머물렀다면 삼공자 엽사담은 흑풍대를 이끌고 오지산 깊은 수림에서 수련을 했다.

사실 흑림이나 오지산이나 자하부에서 엎어지면 코 닿을 데 있었다. 사람들의 눈을 피해 일종의 폐관 수련을 한 셈인데, 설사 그랬다고 한들 그의 모든 눈과 귀가 자하부를 향해 있었다는 걸 짐작 못 할 사람은 없었다.

이렇게 되면 엽사담의 귀환으로 사형제 모두가 한자리에 모이게 되는 셈이었다. 물론 그들이 자리를 가질 리 없고, 그 자리에 독고설란이 낄 리는 더더욱 없겠지만.

"노룡 때문이군요."

"아무래도 그렇겠지. 그는 천하가 주목하는 인물이니 어떤 사악한 무리가 쳐들어올지도 모르잖아. 당분간 장원을 수호하는 데 전력을 쏟아야지."

거짓말이다.

이천풍이 노룡을 손에 넣었다는 소식을 듣자 불구경을 하기 위해 자하부로 돌아온 것이다.

"거짓말이 많이 느셨네요."

"역시 사매는 못 당한다니까. 그렇게 직설적으로 찔러 버리니 나도 더는 변명을 못하겠네. 하지만 아주 거짓말은 아니야."

"그렇다고 해두죠."

"한 잔 더 하겠어?"

엽사담이 탁자 위에 놓인 술잔 위로 술병을 기울이며 말했다. 조빙빙은 한 점의 망설임도 없이 술잔을 받아 들었다.

"노룡이 그렇게 대단한 사람이에요? 두 분이 그렇게 위기의식을 느낄 만큼?"

"묘족이 왜 나라를 가지지 못하고 부족 단위로만 뭉쳐 사는지 알아?"

"너무도 다른 야만의 풍습과 서로를 인정하지 못하는 특유의 기질 때문이죠."

"맞았어. 노룡은 바로 그런 자들을 모아 단 오백 명으로 일만의 마병을 몰살했어. 이건 불세출의 고수라고 해서 가능한 일이 아니야. 전쟁이란 어느 한 사람의 힘으로 좌우되기엔 너무나 복잡하고 다양한 측면을 지닌 괴물이거든."

"그래서요?"

"하지만 굳이 그게 가능한 사람을 고르라면, 그건 손보다는 머리를 쓰는 부류라야 해."

엽사담이 자신의 머리통을 톡톡 두들겼다.

"군사(軍師)를 말하는 건가요?"

"그렇지. 무예보다는 기이막측(奇異莫測)하고 신기묘산(神機妙算)한 지략을 지닌 자, 가히 용병(用兵)과 전술의 신(神)이라 불릴 만한 자, 바로 노룡 같은 자지."

"광서의 밀림은 예로부터 더위가 기승을 부리고 사나운 독충이 우글거리는 곳이에요. 게다가 풍토병은 한번 퍼지면 걷잡을 수 없죠. 북방에서 온 마병들에겐 적보다 무서운 재앙이지 않았을까요?"

말인즉슨, 노룡이 무공과 지략이 아니라 자연환경에 기대어 일만 마병을 몰살했다는 얘기다.

"마교주가 복건과 광동을 거쳐 광서까지 오는 동안 남무림엔 대소 수백 개의 무림문파가 있었지. 그들은 어찌하여 그걸 이용할 줄 몰랐을까?"

"……?"

"물론 그들도 그걸 이용했어. 훨씬 많은 병력과 훨씬 많은 지자들을 동원해서. 하지만 그들은 실패했고 노룡은 성공했지."

"무슨 말씀을 하고 싶은 거예요?"

"천시지리인화(天時地利人和), 하늘이 제아무리 천시와 지리를 주어도 그것을 이용해 일을 성사시키는 건 사람이라는 말이지."

"결국 노룡의 비범함이 그것을 가능케 했다는 말씀이군요."

"언제부턴가 강호엔 떠도는 말이 있지. 노룡을 손에 넣는 자, 천하를 손에 넣을 것이다."

그 얘긴 조빙빙도 귀가 닳게 익히 들은 바가 있었다. 유비가 삼고초려 끝에 제갈량을 얻어 촉한(蜀漢)을 세운 것처럼 일공자 이천풍이 노룡을 통해 무림을 일통하지 말란 법이 없었다.

그것이 엽사담의 입에서 나온 말이라 더욱 신빙성이 높았다. 매사에 허실허실 웃기만 하는 것 같아도 엽사담의 혜안은 놀라웠다. 오직 지략으로만 따지자면 그는 이천풍이나 막수혼보다 윗줄이었다.

다만 추한 외모와 왜소한 체구로 말미암아 사형들만큼 두각을 나타내지 못했을 뿐.

엽사담이 물었다.

"또 자미원에 다녀왔니?"

"네."

"잘… 지내지?"

"어떨 것 같아요?"

조빙빙이 엽사담을 똑바로 바라보며 물었다.

"화났구나?"

조빙빙은 대화를 이어가고 싶지 않아졌다.

그녀가 마지막 잔을 털어 입안에 붓고는 일어섰다.

"가게?"

"도대체 어떻게 생겨먹은 인간인지 구경이나 해야겠어요."

"같이 갈까?"

"말리진 않겠어요."

"나도 그러고 싶은데 술이 좀 많이 남았네."

조빙빙은 대꾸도 않고 청와각을 나가 버렸다.

조빙빙이 사라지자 근처에 있던 흑풍대의 조장 십여 명이 엽사담의 맞은편에 앉아 있는 사내를 향해 기다렸다는 듯이 다가갔다.

사납게 뻗친 눈썹에 굵은 팔뚝이 인상적인 그는 흑풍대의 대주 동방휘였다. 조장들이 동방휘의 귓가에 대고 쑥덕거리기 시작했다.

"독한 화주를 잠깐 사이에 앉은 자리에서 넉 잔을 비워 버렸습니다. 저게 어떻게 여자의 주량입니까?"

"저 피풍의를 좀 보십시오. 비 그친 지가 언제인데 저걸 아직도 입고 계시다니."

"아마 본인은 그것조차도 모르고 계실걸."

"그래도 아름다우시잖아."

"그 미모에 속아 누군가는 팔 하나를 바쳤다는 걸 아셔야죠."

"아, 저 성질머리만 좀 고치면 나무랄 데가 없을 텐데."

동방휘에게 얘기하다가 다시 자기들끼리 수군거리다가 또다시 동방휘에게 얘기를 하는 식의 대화가 어수선하게 이어졌다.

그 내용을 대충 요약하면 오공녀는 아름답다. 그러나 사나이다, 였다.

자하부에 적을 둔 사람이라면 누구나 아는 얘기였지만 언제 해도 지루하지 않은 이야기이기도 했다.

하지만 동방휘는 엽사담의 눈치를 살피기에 바빴다. 어쨌거나 그녀는 엽사담의 사매가 아닌가.

엽사담은 조용히 술을 마셨다.

그러다 그가 혀로 입술을 훑는 순간, 동방휘가 탁자를 쾅 내려치며 일어섰다. 엽사담은 화를 내기 전에 반드시 입술을 핥는 버릇이 있었고, 그땐 아무도 말릴 수 없다는 걸 알기 때문이었다.

"이것들이 정신이 있나, 없나! 다들 엎드려!"

동방휘의 고함이 청와각을 쩌렁쩌렁 울렸다.

뒤늦게 상황을 파악한 열 명의 조장이 번개처럼 바닥에 엎드렸다.

"너희는 뭐야! 흑풍대는 죽어도 같이 죽고 살아도 같이 사는 거 몰라!"

동방휘가 남은 흑풍대원들을 향해 눈알을 부라렸다. 구십의 흑풍대원들이 밥을 먹다 말고 우르르 바닥에 엎드렸다.

동방휘가 한편으로 엽사담의 눈치를 슬금슬금 보며 고래고래 고함을 질렀다.

"너희가 간이 배 밖으로 나왔구나! 감히 오공녀를 두고 뒷말을 해? 너희가 그러고도 목이 붙어 있기를 바란 것이냐!"

"전에는 아무 말씀도 안 하시……."

어디선가 볼멘소리가 들려왔다.

동방휘는 정확히 소리가 난 곳으로 날아가 놈의 턱주가리를 발로 차버림으로써 입을 틀어막았다.

'끕' 소리를 내며 무너지는 놈을 뒤로하고 동방휘가 좌중을 향해 일갈을 터뜨렸다.

"숨 쉬기 귀찮아? 갈비뼈 한번 섞어줘?"

"죽여주십시오!"

흑풍대 대원들의 우렁찬 고함이 청와각을 뒤흔들었다.

"마음에도 없는 소리 집어치우고, 오늘은 숙수들이 퇴근할 때까지만 좀 맞자."

동방휘가 손에 침을 퉤퉤 뱉더니 맨손으로 탁자 다리 하나를 와지끈 뽑아 들었다. 그리고 조장 놈들부터 조져 가려는 순간, 숙수들이 옷을 갈아입고 우르르 몰려나오는 것이 아닌가.

청와각의 숙수들은 매일 아침 해가 뜰 때 출근해 자정이 되어서야 숙소로 돌아간다. 그런 숙수들이 퇴근을 할 때까지 맞자는 것은 하루 종일 때리겠다는 동방휘 특유의 과장된 어법이었다.

한데 숙수들이 정말로 퇴근을 할 줄이야.

당황한 동방휘가 무슨 일이냐고 물었다.

숙수 중 하나가 '노룡이 온다고 해서 영접연을 준비하러 금검장(金劍莊)으로 가는 길입니다'라고 대답했다.

금검장은 일공자 이천풍이 기거하는 별원이다.

이 말이 지닌 의미를 곱씹느라 엽사담은 조용히 눈을 감았다.

그때 여기저기서 끙끙대는 소리가 들려왔다.

돌발적인 상황에 터진 웃음보를 억지로 참느라 괴상한 신음을 내는 것이었다. 그것을 본 조장들까지 키득대면서 상황은 걷잡을 수 없게 되어버렸다.
 동방휘가 '어쩔깝쇼?' 라는 시선으로 엽사담을 바라보았다.
 엽사담도 너털웃음을 터뜨릴 수밖에 없었다.
 "하여튼 운 좋은 녀석들이라니까."

第四章
전쟁의 신(神)

비룡잠호

 자하부의 장원 앞 개활지에 모인 군웅은 이제 기천을 넘어섰다. 사람이 늘어나면서 어수선함은 극에 달했지만, 더구나 십 중 팔은 칼 든 무림인들이지만 묘하게도 불상사는 일어나지 않았다.
 그러나 그것은 겉으로 보이는 질서일 뿐 언제 어디서 어떻게 사고가 터질지는 아무도 모르는 일이었다.
 최악의 경우 자하부가 강해지는 것을 원치 않는 무리가 노룡이 나타나는 순간 기습을 할 수도 있었다.
 보물이란 내가 가지면 더없이 좋지만, 남이 가지면 내 것을 잃은 것보다 더 고통스러운 법이니까.

그런 이유로 자하부가 노룡을 맞기 위해 동원한 무인의 수는 이백에 육박했다.

전체 육당 중 청룡당(靑龍党)과 홍랑당(紅狼党)의 무인들이 총동원된 것이다.

하지만 청룡당과 홍랑당의 당주는 일공자의 사람이라는 것이 정설이었고, 때문에 지금의 광경은 자하부가 아닌 일공자가 노룡을 맞이하는 형국이 되어버렸다.

그들은 모두 무장을 갖춘 채 대로의 양쪽에 백여 장의 길이로 열을 지어 있었다.

대열의 맨 끝엔 흑단으로 틀을 만들고 덧대어 철갑까지 두른 사인교까지 놓여 있었다.

노룡이 등장하면 사인교에 태운 후 청룡당과 홍랑당의 호위를 받으면서 곧장 정문으로 달릴 생각인 것이다.

바로 그 가운데 한 사람이 말을 탄 채 강력한 존재감으로 좌중을 압도하며 서 있었다.

근육질의 목, 짙고 길게 뻗은 눈썹, 그 아래 자리 잡은 호안(虎眼)이 보는 이로 하여금 절로 눈을 내리깔게 만드는 강인한 인상의 소유자, 일공자 자운검(紫雲劍) 이천풍이었다.

자운검이라는 별호에서 알 수 있듯이 그는 한 자루 검을 성명병기로 사용하는데, 일단 검풍을 일으키면 방원 일 장이 보라색 광영으로 뒤덮이며 죽음의 공간으로 변해 버리는 것으로 유명했다.

그 막강한 무예는 귀주를 떨어 울린 지 오래고, 남무림에서도 동년배 중에서는 가히 대적할 만한 자가 없었다.

이공자가 자미원을 장악함으로써 열세에 몰렸던 그는 노룡의 등장으로 단번에 반전을 이루었다.

그는 이제 자하부의 유력한 차기 주인이었다.

일만의 마병을 무찌른 노룡이었으니 자하부의 주인 하나 바꾸는 것쯤은 식은 죽 먹기가 아니겠는가.

조빙빙은 군웅으로부터 멀리 떨어진 산기슭에서 그 광경을 내려다보고 있었다.

'삼뇌는 오지 않았군.'

십여 년 전 일선(一仙), 일불(一佛), 일개(一丐)의 세 사람이 자하부를 찾아왔다. 그들이 정말로 도사에, 승려에, 거지였는지는 알 수 없다.

다만 그들이 처음 자하부를 찾아올 때의 모습이 그랬고, 그 후 오랫동안 식객으로 머물면서 자하부의 크고 작은 싸움을 도왔다.

그리고 삼 년 후 그들의 신분은 식객에서 가솔로 바뀌었다. 뇌정신군은 오랜 세월 강호를 함께 종횡한 죽림(竹林)의 이원로(二元老)보다 그들을 더 가까이 두고 자하부의 대소사를 의논했다.

하지만 뇌정신군이 죽은 지금 삼뇌는 이공자 막수혼의 참모가 되어버렸다.

전쟁의 신(神) 101

지력으로는 누구에게도 뒤지지 않는다는 삼뇌가 무슨 일이든 칼부터 뽑고 보는 단순무식의 전형 이공자 막수혼을 선택한 것은 아직도 불가사의로 남았다.

어쨌거나 삼뇌가 나타나지 않은 것은 의외였다.

비록 이천풍의 지휘를 받은 철기대주가 노룡을 회유해 귀환하는 중이라고는 하나, 엄연히 자하부 전체의 경사가 아닌가.

그러나 모습을 드러내지 않는다고 관심이 없는 것은 아닐 것이다. 삼뇌는 칩거 중일 때가 실은 가장 많은 일을 하고 있을 때다.

지금쯤 모든 비선(秘線)을 동원해 상황을 파악하고 있을 것이다.

조빙빙이 이런 생각을 하고 있을 때 등 뒤에서 낯익은 목소리가 들려왔다.

"여기 있는 줄도 모르고 한참 찾았네."

조빙빙이 고개를 돌렸을 땐 엽사담이 숲에서 걸어나오고 있었다.

"어쩐 일이세요?"

"같이 구경하자며."

"말리진 않겠다고 했죠."

"그러니까."

엽사담이 피식 웃고는 말을 이었다.

"실은 으슥한 곳을 찾아 두리번거리는데 사매가 보이더라고. 그래서 왔지."

"으슥한 곳은 왜요?"

"대놓고 구경하긴 좀 그렇잖아."

"무슨 말이에요?"

"안 그래도 잘나가는 대사형이잖아."

노룡을 손에 넣음으로써 자하부뿐만이 아니라 전 무림의 영웅이 된 이천풍을 들러리까지 서며 띄워줄 필요가 있느냐는 말이다.

속내를 저렇게 털어놓는 사람도 드물 것이다.

조빙빙은 저도 모르게 실소를 지었다.

"웃었다?"

"어이가 없어서 웃은 거예요."

"그거 알아? 여자가 어른이 되면 자신의 몸 어딘가에 치명적인 매력이 하나씩 숨어 있대. 그걸 발견한 남자는 목숨도 걸 정도로 몰입하게 되지. 사람들은 그걸 사랑이라 부른다더군."

엽사담의 말이 어쩐지 조빙빙의 가슴을 파고들었다. 그녀는 그게 사내를 어떻게 파멸시키는지도 너무나 잘 알고 있었다.

"무슨 말을 하려는 거죠?"

"사매는 웃을 때 가장 예쁘다는 말이야."

"전 검수예요."

"검수이기 이전에 여자지."

"남자는 왜 다 그래요? 여자라고 하면 무조건 예쁜지 안 예쁜지부터 따지고."

"여자는 안 그런가?"

"여자는 성품을 먼저 따져요."

"성품도 훌륭하면서 얼굴까지 잘생기면 좋지?"

"그런 낯간지러운 얘기는 이제 그만해요."

"뭐야. 결과적으로 나만 여자 얼굴을 따지는 못난 남자가 돼버렸잖아."

조빙빙은 또다시 실소를 지을 수밖에 없었다.

엽사담은 늘 이런 식이었다.

그녀가 아무리 차갑게 굴어도 엽사담은 전혀 개의치 않았다. 마치 오랜 친구인 것처럼, 가족인 것처럼, 혹은 연인인 것처럼.

"부탁이 하나 있어요."

조빙빙이 한층 가라앉은 목소리로 말했다.

"뭔데?"

"믿을 만한 사람을 한 명 구해줘요. 남자여야 하고 오성군 중 어느 쪽과도 선이 닿지 않은 사람으로."

"자미원에 보내게?"

"알고… 계셨어요?"

독고설란이 숙수도 없이 혈랑대가 주는 거친 밥을 먹고 있다는 걸 알았느냐는 뜻이다.

질문을 해놓고 조빙빙은 실언을 했다는 걸 뒤늦게 깨달았다. 농담을 잘해서 그렇지 엽사담 역시 엄연한 오성군이다.

그래서 조빙빙은 조금 부아가 돋았다.

"알고도 가만히 있었단 말이에요?"

"간단한 일이 아니야. 알잖아."

"도와줄 생각은 있고요?"

"난 막 사형과 달라."

"구해줄 거죠?"

"자하부에서 오성군의 손이 닿지 않은 사람은 쉽지 않지. 그런 사람이 아주 없는 건 아니지만 자미원으로 가라고 하면 차라리 야반도주를 택할걸."

"그래서 사형께 말씀드리는 거잖아요."

"상단의 무사들 중에서 골라보지그래."

"말했잖아요. 오성군 중 누구의 손도 닿지 않은 사람이어야 한다고."

"내가 고르면 결국 내 손도 닿게 되는데……."

"알았어요. 없던 걸로 해요."

"성질머리하곤. 한번 알아볼게."

"고마워요."

두 사람은 다시 군웅이 모여 있는 개활지로 시선을 주었다.

시간은 점점 흘러 신시를 넘어서고 있었다.

겨울이었다면 해가 서산으로 떨어지려는 시간. 하지만 그때까지도 노룡은 나타나지 않았다.

군웅 속 여기저기서 누구를 향한 것인지도 모를 불만이 터져 나왔다. 헛소문이 아니냐는 둥 사기꾼의 농간에 강호가 놀아난 것이 아니냐는 둥 하는 소리가 유령처럼 흘러 다녔다.

급기야 자하부가 모종의 이득을 노리고 일부러 헛소문을 퍼뜨린 게 아니냐는 말까지 나왔다.

"무슨 헛소리들 하는 거지?"

조빙빙이 말했다.

생각 같아선 모함을 하는 놈을 찾아 당장에라도 주둥이를 찢어놓고 싶었다. 그때 엽사담이 이상한 소리를 했다.

"아주 근거가 없는 소리는 아니야."

"무슨 말이에요?"

"노룡이 자하부로 향한다는 소문이 돌고부터 남무림의 상계가 자하부와 접촉을 하고 있어."

"그들이 왜요?"

"미리 줄을 대려는 거지. 자하부가 노룡을 품는 날엔 천하의 판도가 달라질 테니까. 지금처럼 황권이 땅에 떨어지고 무림문파가 득세하는 무력의 시대에는 강한 문파의 배경이 무엇보다 절실하거든."

"그래서요?"

"그래서는, 당연히 상당한 액수의 경제적 지원이 들어왔지."

"대체 얼마나 들어왔기에 근거없는 소리가 아니라는 거죠?"

"백만 냥."

"그 정도까지……!"

"그게 단 하루 만에 들어온 액수라면 어때?"

"말도 안 돼!"

조빙빙의 입이 쩍 벌어졌다.

엽사담은 대수롭지 않다는 듯 경위를 설명했다.

열흘 전 야심한 시각 청룡당에서 정체 모를 목궤를 자하부로 운반하는 작업이 목격되었다.

그때 청룡당의 무인 하나가 돌부리에 걸려 넘어지면서 우연히 목궤가 터졌는데, 거기서 은원보가 와르르 쏟아진 것이다.

놀란 청룡당의 고수들이 황급히 은원보를 주워 담고 수습했지만 이미 그것을 목격한 밤눈이 많았다.

그날 비고로 운반된 목궤의 숫자와 철전으로 환산한 가치를 따져 사람들이 계산한 액수는 모두 백만 냥이었다.

"방금 청룡당이라고 했어요?"

"눈치챘군. 맞아. 자하부가 아닌 금검장으로 향하는 재물이야."

자하부가 노룡을 품는다면 무림의 균형이 단숨에 깨지면서 자하부는 단숨에 천하제일의 문파로 거듭난다.

하지만 지금처럼 독고설란이 부주인 형태는 아닐 것이다. 강호인들은, 상계의 유력자들은 이공자가 아닌 일공자가 그 중심에 설 것으로 보았고, 금검장에 미리 줄을 대려는 것이다.

그때 또 하나의 목소리가 들려왔다.

"재물만 들어온 게 아니야."

조빙빙과 엽사담이 동시에 소리가 난 쪽으로 고개를 돌렸다. 이번에도 역시 숲 속에서 한 사람이 걸어나오고 있었다.

빙기옥골(氷肌玉骨)의 용모에 눈처럼 하얀 학창의(鶴氅衣)를 입은 사내, 이공자 막수혼이었다.

별호도 낯간지럽게 옥기린(玉麒麟)이다.

그를 흠모한 남무림의 여인들이 붙여준 것인데, 그의 이런 마력적인 기품과 용모는 외가로부터 물려받은 것이었다. 막수혼의 어머니가 바로 한때 남무림을 뒤흔들었던 절색의 요녀 칠절화(七絶華) 요일랑이었다.

조빙빙의 얼굴이 차갑게 굳었다.

동시에 막수혼의 뒤쪽을 응시하는 눈동자가 이채를 띠었다.

막수혼은 정체 모를 두 명의 노인을 대동했는데, 그 모습이 실로 괴이했다. 하나는 쭈글탱이에 앞니가 몽땅 빠졌는지 합죽이였고, 또 하나는 왜소한 체구에도 정수리가 고봉밥처럼 솟은 검상의 노인이었다.

두 노인 모두 조빙빙으로서는 한 번도 본 적이 없는 인물들이었다.

엽사담은 일언반구 없이 두 손을 마주 잡아 이마 위로 올리는 무림의 인사법, 이른바 포권식을 취했다. 사형제 간의 만남치고는 너무나 격식에 얽매인 인사였다. 막수혼은 엽사담을 힐끗 일별하고는 조빙빙에게 말했다.

"금사도에서 돌아왔다는 소식은 들었다. 상선도 잃고 해적도 놓쳤다며?"

"소문 한번 빠르군요."

"의기소침할 것 없다. 그깟 상선 몇 척이 대수냐. 자하부가 다시 일어서는 날 남해의 해적들을 모두 소탕해 버리자꾸나."

"그보다 좀 전에 하신 말씀은 무슨 뜻이에요?"

조빙빙이 화제를 원점으로 돌렸다.

"노룡이 자하부로 온다는 소식을 듣고 독보강호하던 고수들이 대거 지원을 했어. 지금 제삼 연무장에서 한창 무관(武關)이 진행 중일걸."

"그게 금검장이 재물을 취득하는 것과 무슨 관련이 있죠?"

조빙빙은 대사형이라고 하지 않고 금검장이라고 했다. 그렇게라도 불편한 관계를 드러내고 싶지 않아서였다.

"바깥사람들이라고 눈과 귀가 없을까. 당연히 금검장의 무사가 되기 위해 지원을 한 거겠지."

"하지만 무사들의 인사는 부주의 고유 권한 아닌가요?"

"지금은 삼뇌의 권한이 되어버렸지."

곁에서 엽사담이 뼈있는 한마디를 던졌다.

이공자의 명령을 받는 혈랑대가 자미원을 장악한 후 독고설란의 의지는 과거의 관례를 따라 삼뇌를 통해 공표가 되었다.

그 삼뇌 또한 막수혼의 사람이었으니 자하부의 인사와 편제는 사실상 막수혼의 손에 달렸다고 해도 과언이 아니었다.

따라서 새로운 지원자가 있다면 막수혼의 허락 없이는 금검장의 가병으로 들어갈 수 없다는 말이 된다.

지원자들이 금검장을 지목해 금검장으로 편입되는 게 아니면 무관을 치르지 않겠다고 해도 사정은 마찬가지였다.

양쪽 다 말도 안 되는 것 같아도, 그런 일이 비일비재하게 벌어지는 게 지금 자하부가 처한 상황이었다.

막수혼은 가타부타 않고 웃기만 했다.

그 특유의 묘한 마력을 지닌, 하지만 어쩐지 모르게 음산한 웃음이었다.

"뭐예요, 그 웃음은?"

"그걸 뭘 물어. 이미 조치를 취해놓으셨겠지."

엽사담이 중간에서 말을 가로챘다.

조빙빙은 정말이냐는 듯 막수혼을 바라보았다.

막수혼은 대답은 않고 엽사담을 보며 물었다.

"잔혼소검(殘魂笑劍)이 구성을 이루었다고 하던데, 사실이냐?"

"흑림의 깊은 골에서 수련했는데 그걸 또 어떻게 아셨습니까? 막 사형께서 척후를 보내셨을 리는 없고, 필시 흑풍대의 대원 중 한 놈이 술을 먹고 주접을 떤 게로군요. 이래서 기강부터 바로 세웠어야 하는데. 아, 멍청한 사담아."

자신의 부주의함을 탓하는 어투와 달리 척후를 보낸 막수혼을 조롱하는 내용이었다. 하지만 막수혼은 표정 하나 변하지 않고 응수했다.

"알긴 제대로 아는구나. 아랫것들이란 모름지기 엄하게 다스려야 통제할 수 있는 법. 너처럼 허물없이 겸상을 하면 위엄이 사라질 수밖에."

"그렇군요. 한 수 배웠습니다."

엽사담이 허리까지 숙이며 포권을 했다.

"알면 고쳐. 생사람 잡지 말고."

"사형도 그리 큰소리칠 입장은 아닐 텐데요."

"무슨 소리야?"

"듣자 하니 혈랑대 대원 중 한 명이 야밤에 기루를 찾아가 그곳 칼잡이들 일곱을 때려눕히고 밤새도록 강짜를 놓았다더군요. 사형께선 훈련 중의 기강만 챙기시고 일상의 기강은 챙기지 않으시는 모양입니다."

"잔혼소검이 대단하긴 대단한 모양이구나. 네놈이 내게 훈계질까지 하고."

막수혼의 동공이 먹점처럼 오그라들며 전신에서 찐득한 살기가 폭사되었다. 사혼구검(死魂九劍)이 구성을 이루었을 때 나타나는 현상, 흑묘안(黑猫眼)이었다.

"사형이야말로 사혼구검이 경지에 드셨군요."

엽사담은 입꼬리를 살짝 말더니 보폭을 어깨 넓이로 벌리고 섰다.

사부였던 뇌정신군은 다섯 명의 제자에게 열두 가지의 기본공 외에 각각 하나씩의 진신절기를 더 전수해 주었다.

일제자인 이천풍에게는 파마팔검(破魔八劍)을, 이제자인 막수혼에게는 사혼구검을, 삼제자인 엽사담에게는 잔혼소검을, 사제자이자 유일한 혈육인 독고설란에게는 곤음육검(坤陰六劍)을, 마지막으로 오제자인 조빙빙에게는 고주일검(孤注一劍)을 주었다.

이들 다섯 가지 검공은 각각 패(覇), 쾌(快), 환(幻), 중(重), 변(變)으로 바탕을 이루는 각각의 무리는 다르지만, 하나하나가 절학이라 불러도 좋을 만큼 고명한데다 서로 간의 우열을 다투기 어려울 만큼 강했다.

요는 그것을 익히는 사람의 자질과 수련 정도에 달린 것이다. 다시 말해, 그중 하나라도 대성한 사람이 나타나면 그는 나머지 넷을 압도할 수 있었다.

뇌정신군이 생존할 당시부터 다섯 명의 사형제는 각자가 전수받은 검공을 대성하기 위해 죽도록 수련을 했다. 그리고 지금 그 수준이 은연중에 드러나고 있었다.

분위기가 살벌해지자 조빙빙이 나섰다.

"부끄러운 줄들 아세요."

사매를 앞에 두고 싸움질이나 하는 사형들이 한심하다는 뜻이다. 그 한마디에 막수혼의 동공이 슬며시 원래대로 돌아왔다. 보폭을 벌리고 발검의 자세를 취했던 엽사담도 천천히 자세를 풀었다.

조빙빙은 이해할 수가 없었다.

막수혼이야 생긴 것과 달리 원래 물불을 가리지 않는 성격이지만, 그의 그런 성정을 너무나 잘 아는 엽사담까지 왜 이렇게 자극을 하는지 모를 일이었다.

본시 누구에게든 지고는 못 사는 위인이긴 하지만 그래도 그의 방식은 막수혼과는 달라야 했다. 무작정 칼부터 뽑는 것은 그에게 어울리지 않았다.

아마도 도발을 통해 막수혼의 성취를 가늠해 보려는 수작이었을 것이다. 다혈질에 폭급하긴 해도 막수혼 역시 멍청이가 아니다.

오히려 여우다.

전쟁의 신(神) 113

그런 막수혼이 엽사담의 의중을 모를 리 없었다. 그러면서도 도발에 응해줬다. 결국 두 사람은 서로의 성취가 궁금해 어깨를 한번 견주어본 것이다.

조빙빙은 바로 이게 마음에 들지 않았다.

서로를 살핀다는 것은 서로를 믿지 못한다는 말의 다름 아니었다. 오늘은 어깨를 견주는 것으로 끝이 나겠지만, 내일은 골육상쟁의 전쟁을 벌이지 않겠는가.

그 사이에서 아슬아슬하게 목숨을 유지하고 있는 독고설란만 안타까울 뿐이었다.

두 사람이 조금 진정하는 듯하자 조빙빙이 말했다.

"막 사형께 부탁이 있어요."

"내게? 오래 살고 볼 일이군."

"자미원에 사람을 한 명 보낼 거예요."

"그건 설란에게 말해야지."

막수혼은 부주나 사매라 하지 않고 설란이라 했다. 그가 독고설란을 얼마나 경시하고 있는지 단적으로 보여주는 예였다. 하지만 조빙빙은 따지지 않았다. 대신 말투가 좋게 나가지도 않았다.

"피차 아는 얘기는 생략하기로 하죠."

"내가 그녀에게 모욕을 주고 있다 생각하는 거냐?"

"결과적으로 그렇게 됐어요."

"그건 과정이지 결과가 아니야."

"무슨 얘기죠?"

"혈랑대로 하여금 식사를 올리게 하는 건 독살을 막기 위해서야. 최소한 혈랑대라면 완벽히 내 통제하에 있으니까."

"결과적으로 막 사형이 사저를 지켜주는 거라고 말씀하시고 싶은 건가요?"

"믿지 않겠지만 사실이야."

"혈랑대가 자미원을 차지한 건 따지지 않겠어요. 그러고 싶은 마음도 없고. 하지만 사저에게 최소한의 인격적인 대우는 해주세요."

"난 최대한 그렇게 하고 있다. 그게 마음에 들지 않는다면 그건 나로서도 어쩔 수 없는 일이지."

"정 그렇게 나오시면 저도 생각이 있습니다."

"무슨 말이냐?"

"제게도 조금은 힘이 있습니다."

상단을 말하는 것이다.

비록 상선 몇 척이 약탈을 당했다고는 하나 자하부의 금력은 여전히 막강했다. 그리고 그것은 조빙빙의 통제하에 있었다.

조빙빙이 작심을 하고 방해할라 치면 막수혼으로서도 여간 피곤한 일이 아니었다. 지금은 이천풍에게 전력을 쏟아야 할 때가 아닌가.

막수혼이 선뜻 대답하지 못했다.

그때 군웅 속에서 누군가 외쳤다.

"철기대가 온다!"

일만의 군웅이 멸치 떼처럼 한 방향으로 고개를 꺾었다. 과연 도시로 이어지는 대로의 끝에서 일단의 무리가 말을 타고 등장했다.

말과 사람이 번쩍이는 철갑으로 중무장한 그들은 자하부를 오늘의 반석 위에 올려놓은 최강의 타격대 철기대였다.

마차를 가운데 두고 양쪽에서 철통같은 경계를 펼치며 느릿느릿 다가오고 있는 철기대의 선두에 한 사람이 있었다.

황금색 투구 사이로 보이는 눈매가 동굴 속에 웅크린 맹수를 연상케 하는 쉰 줄의 초로인은 이천풍의 오른팔이자 철기대를 이끄는 대주 이정갑이었다.

오성군을 제외하면 자하부 내에서 가장 강한 고수로 알려진 그는 본시 운귀고원(雲貴高原)을 질타하던 마적단의 두목이었다.

십여 명의 수하를 이끌고 마적단을 토벌하러 갔던 이천풍이 그의 재주를 아껴 생포한 것이 우여곡절 끝에 오늘에까지 이르렀다.

때문에 두 사람의 사이는 각별할 수밖에 없었고. 오성군의 사냥이 시작되었을 때도 이천풍은 가장 먼저 철기대를 목표로 했다.

이정갑이 마차를 끌고 나타나자 군웅이 벌떼처럼 몰려들었다. 하지만 철기대의 서슬에 감히 다가가지는 못하고 십여 장의 거리를 둔 채 에워쌌다.
 이정갑은 그런 군웅을 대쪽처럼 가르며 자하부를 향해 천천히 다가오고 있었다.
 "개선장군이라도 된 것처럼 구는군."
 막수혼이 말했다.
 뼈있는 한마디였지만 엽사담도 조빙빙도 반박하지 않았다. 자신들 역시 막수혼과 같은 생각을 하고 있었기 때문이다.
 조빙빙이 조용히 뇌까렸다.
 "왜 노룡일까요?"
 "무슨 말이야?"
 막수혼이 물었다.
 "노룡이 천고의 기재라는 것도 알겠고, 그로 말미암아 금검장이 막대한 이득을 얻었다는 것도 알겠어요. 하지만 어쩐지 그게 전부가 아닌 것 같은 느낌이 들어요."
 "제법인걸."
 "사형은 뭔가 짐작 가는 바가 있군요."
 "당연하지. 아마 저 녀석도 짐작하고 있을걸."
 막수혼은 엽사담을 힐끗 가리키고 고개를 돌려 버렸다. 엽사담이 대신 대답을 해주라는 뜻인데, 실상은 엽사담의 생각을 떠보기 위한 술수였다.

그걸 모를 리 없는 엽사담은 피식 웃고는 입을 열었다.

"노룡은 정마대전 당시 무림을 구한 영웅이야. 그가 금검장의 그늘에 깃든다면 천하의 눈은 자하부가 아닌 천풍 사형에게로 향하겠지. 지금은 무력의 시대야. 도처에 적이 널려 있지. 자하부의 그늘에서 그런 적들의 공세를 피해온 여러 맹방은 천풍 사형이 무기력한 지금의 부주를 밀어내고 새롭게 자하부를 일으켜 주길 바랄 거야. 즉, 새로운 정통성이 생기는 거지."

엽사담은 잠시 사이를 두었다가 깜박 잊은 듯 한마디를 덧붙였다.

"게다가 지낭의 부재도 해결했지. 노룡이라면 삼뇌를 상대하기에 충분하니까."

조빙빙은 등골이 서늘해졌다.

노룡의 등장이 이 정도로 파급력을 지닐 줄은 몰랐다. 노룡이라는 패를 제외하고 봤을 때, 막수혼의 무력 또한 결코 이천풍에 뒤지지 않는다.

설사 이천풍이 압도적인 무력을 지녔다고 할지라도 막수혼은 그냥 두고 볼 위인이 아니었다.

조빙빙이 그런 생각을 하고 있을 때, 노룡이 탄 마차는 이천풍의 앞에 도착했다.

진즉 말에서 내려 기다리고 있던 이천풍은 천천히 마차로

다가갔다.
 마차 문이 열리며 노인이 내려섰다.
 칠순이나 되었을까?
 가슴까지 기른 은발의 수염이 신령한 분위기를 자아내는 그는, 눈처럼 하얀 백의장삼을 걸치고 한 손엔 공작의 깃으로 만든 섭선을 들었는데, 움푹 들어간 눈 속에 자리 잡은 크고 짙은 동공이 무척이나 심유한 느낌을 주었다.
 그리고 안광이 있었다.
 분명 사람의 눈동자인데 마치 별을 박아놓은 듯한 안광이 뿜어져 나와 좌중을 압도했다.
 노룡이 나타난 것이다.
 살아 있는 전설의 등장에 좌중에서 탄성이 쏟아졌다. 이천풍이 뭇 군웅의 시선을 한 몸에 받으며 노룡을 향해 제갈량을 맞는 유비처럼 공손히 포권지례를 올렸다.
 노룡 역시 이천풍을 향해 두 손을 모아 보였다.
 인걸과 인걸의 만남이랄 수 있는 이 장면에서 노룡은 이천풍보다 머리 하나는 더 숙임으로써 스스로 이천풍의 사람임을 만천하에 천명했다.
 놀란 이천풍이 황송하다는 듯 다급히 노룡의 어깨를 잡아 일으킴으로써 다시 한 번 극진한 예를 보였지만, 누가 보아도 그건 노룡의 입장을 고려한 존중의 의미였다.
 이천풍이 노룡을 이끌었고, 노룡은 좌중을 한 번 가볍게 둘러본 후 사인교로 갈아타더니 이내 청룡당과 홍랑당의 호위를 받으며 자하부를 향해 빠르게 미끄러져 갔다.

"왜 저렇게 번거롭게 가는 거죠?"

조빙빙이 물었다.

마차를 타고 곧장 자하부로 가도 될 것을 굳이 사인교로 갈아타고, 호위도 철기대에서 청룡대와 홍랑대로 바꾸는 이유를 말하는 것이었다.

"극적인 연출을 위해서지."

막수혼이 말했다.

그는 빙긋이 웃고는 뒤를 돌아보며 물었다.

"어때?"

막수혼이 데리고 왔던 두 명의 노인이 눈에서 십리경(十里鏡)을 뗐다.

조빙빙과 엽사담이 의아한 표정을 짓는 사이 앞니가 몽땅 빠진 쭈글탱이 노인이 침잠한 표정으로 말했다.

"인피면구나 역용의 흔적은 없습니다."

"확실해?"

"제 목을 걸지요."

"뭘 그렇게까지나."

막수혼이 이번엔 섬뜩한 검상이 눈 하나를 가로지른 또 다른 노인에게 물었다.

"그쪽은?"

"노룡이 맞소."

검상의 노인이 답했다.

앞선 노인과 달리 체구가 장대하고 정수리가 고봉밥처럼 솟은 자였는데, 한눈에 보기에도 내공을 깊게 수련한 고수가 분명했다.

"확실해?"

막수혼이 재차 물었다.

"놈의 턱수염 한 올, 눈가의 주름까지도 똑똑히 기억하고 있소."

"닮은 사람일 수도 있잖아. 외눈박이들은 종종 그런 실수를 한다던데."

막수혼의 이 말에 검상의 노인이 돌연 눈썹을 치켜뜨며 막수혼을 노려보았다.

하나밖에 남지 않은 눈에서 광망이 쏟아졌다.

그는 자신의 안목을 의심한 것에 대해 분노하고 있었다. 막수혼이 그런 노인을 무표정하게 바라보며 물었다.

"물으면 대답을 해야지."

검상의 노인이 눈가를 씰룩거렸다.

손은 어느새 허리춤에 찬 검을 향하고 있었다.

막수혼의 눈동자는 시종일관 검상노인의 눈동자에 꽂혀 있었다. 마치 '그 칼을 뽑는 순간 넌 죽는다'라고 경고하는 듯했다.

불꽃 튀는 눈싸움을 벌이던 검상의 노인이 결국 손을 내리며 자세를 바로 했다.

"잘 생각한 거야."

막수혼이 말했다.

검상의 노인은 작지만 충분히 들릴 수 있는 소리로 콧방귀를 뀌고는 뒤늦은 대답을 했다.

"그가 가짜라면 언제든 나를 찾아오시오. 남은 눈알을 마저 뽑아줄 테니."

한참 동안 침잠한 눈으로 검상의 노인을 응시하던 막수혼이 품속에서 은전 꾸러미를 꺼내 두 노인에게 나눠 주었다.

합죽이노인이 황송한 태도로 은전을 받는 반면, 검상의 노인은 가로채듯 빼앗아 홀연히 사라져 버렸다.

조빙빙과 엽사담은 모르고 있었지만 두 사람은 각각 홍노사와 혈귀(血鬼)라 불리는 자들이었다.

한 사람은 평생 인피면구를 만든 역용의 대가였고, 다른 한 사람은 정마대전 당시 마교주를 따라 남하하다 광서의 밀림에서 노룡을 맞아 싸웠던 악명 높은 마두였다.

마교가 패망한 지금에 이르러 혈귀는 어둠의 세계에서 신분을 숨긴 채 살아가고 있었다.

두 사람이 가고 난 뒤 막수혼은 노룡이 탄 사인교가 사라진 정문을 바라보며 혼잣말처럼 중얼거렸다.

"진짜란 말이지……."
 그는 잠시 사이를 두었다가 아무리 생각해도 기가 막힌지 다시 한 번 같은 말을 반복했다.
 "하, 진짜를 찾아내다니……."

第五章
자하부(紫霞府)로 오다

비룡잠호
秘龍潛虎

 노룡이 자하부로 사라지고 군웅이 썰물처럼 빠져나가던 그때, 한 사내가 자하부의 정문 앞에서 웅장한 장원을 바라보며 서 있었다.
 낡은 마의에 머리카락은 거칠게 틀어 묶었고, 얼굴은 볕에 그을려 시커먼데다 눈동자는 사납게 이글거리는 것이 짐승이 따로 없었다.
 하지만 이 야성적인 분위기를 한 방에 날려 버리는 것이 있었으니, 그것은 엉덩이에 매달려 자발머리없이 대롱거리는 박도였다.
 장식도 없고, 칼집도 없고, 어슬어슬 녹까지 슬어 도대체 마지막으로 무언가를 벤 지가 언제인지도 모를 그런 박도였다.

　사내는 살극달이었다.

　살극달은 성벽을 방불케 하는 호방한 담장과 그 담장 너머 가득 부려놓은 전각 군을 보며 묘한 감정에 사로잡혔다.

　하원일은 이 웅장한 장원를 보면서 무슨 생각을 했을까? 그는 이곳에서 원하던 걸 찾았을까?

　그때 아까부터 방만한 자세로 살극달을 지켜보고 있던 젊은 수문무사가 다가와 물었다.

　"누구시오?"

　"노룡이 자하부로 온 게 맞소?"

　살극달이 반문했다.

　"그렇소만, 그건 왜 물으시오?"

　"그냥 물어봤소."

　"별 싱겁기는……."

　"나도 자하부에서 일 좀 합시다."

　살극달은 자신의 신분을 숨겼다.

　죽은 사람은 하원일만이 아니었다.

　하소추가 죽었고, 하대광이 죽었다.

　하소추와 하대광이 오 년여 만에 남만으로 찾아왔을 때 그들의 무공 수위는 살극달이 상상한 것 이상이었다.

　그런 녀석들이 복수하려다가 죽었으니 미지의 적들은 분

명 하원일의 내력에 대해 의문을 가졌을 것이다.

적들은 조심을 할 것이고, 대비를 할 것이다.

노련한 땅꾼은 뱀을 잡기 전까진 풀숲을 건드리지 않는 법, 조용히 다가가 적의 뒷덜미를 물어뜯어야 한다.

수문무사는 살극달의 남루한 의복을 아래위로 훑다가 엉덩이에 매달린 녹슨 박도를 발견하고는 혀를 끌끌 찼다.

"자하부는 칼만 들었다고 개나 소나 들어올 수 있는 곳이 아니오. 일자리를 구하려거든 저자로 나가 주루나 기웃거려 보시오."

말인즉슨 기루로 가서 칼잡이나 하라는 뜻이다.

"자하부의 문턱이 높다는 얘기는 들었지만 수문무사들의 시험까지 통과해야 하는 줄은 몰랐는걸."

살극달의 거침없는 언사에 수문무사의 얼굴이 와락 일그러졌다. 그는 팔짱을 풀어 검파를 수평으로 뉘이고는 매서운 눈길로 살극달을 노려보았다.

"시비를 걸 생각이면 장소를 잘못 골랐…… 억!"

수문무사가 말을 하다 말고 비명을 지르며 물렀다. 동시에 검파를 쥐었던 손을 뻗어 자신의 얼굴을 향해 맹렬한 속도로 날아오는 정체불명의 주먹만 한 물체를 낚아챘다.

일말의 공격 징후도 없는 상태에서 느닷없이 벌어진 일이었다. 주변에 있던 십여 명의 수문무사가 대경실색하며 달려왔다.

하지만 문제의 수문무사는 멀쩡하게 서 있었고, 살극달 역시 연이은 공격의 기미를 보이지 않았다.

그때, 수문각주 하상도가 젊은 무사에게 다가왔다. 그가 물었다.

"암기였나?"

"그게 아니라……."

젊은 수문무사가 멀뚱멀뚱한 표정을 짓더니 자신의 손바닥 위에 놓인 물건을 보여주었다. 가죽으로 만든 조그만 주머니였는데 주둥이를 칡 껍질로 묶어놔 내용물을 짐작할 수가 없었다.

하상도는 살극달을 일별한 후 가죽 주머니를 빼앗아 칡 껍질을 풀었다. 그러자 싯누렇게 빛나는 사금이 나왔다. 무게로 보아 족히 한 냥은 나갈 듯했다.

젊은 수문무사의 눈이 휘둥그레졌다.

하상도가 황당한 표정으로 살극달을 살폈다.

주변의 수문무사들도 일제히 살극달을 응시했다.

살극달이 빙그레 웃으며 말했다.

"힘들고 빡빡한 세상 서로 돕고 삽시다. 혹시 아오? 내가 줄을 잘 잡아 목 좋은 자리라도 하나 꿰차면 그 여파가 우형들에게도 미칠지."

자하부로 노룡이 온다는 소식을 듣고 한자리 얻어볼까 하고 찾아온 떠돌이 삼류도객임이 틀림없었다.

살극달의 넉살에 하상도는 그만 피식 실소를 짓고 말았다.
"어떻게 할까요?"
젊은 수문무사가 눈치를 살피며 하상도에게 물었다.
"문지기가 이런 잔재미도 없으면 어떡해. 이따가 탁주나 한잔씩들 해."
하상도가 사금이 든 가죽 주머니를 젊은 수문무사에게 획 던져 주고는 안으로 들어가 버렸다. 큰일은 이미 치른 터라 각주씩이나 되는 사람이 정문 앞을 지킬 이유가 없었다.
저만치 사라지는 하상도를 보며 수문무사들은 회심의 미소를 지었다. 안 해서 그렇지 돈을 당기기로 작심하면 이곳 수문각만큼 목 좋은 곳이 없다. 천만다행으로 하상도는 수하들의 고충을 이해하고 적당히 눈감아줄 줄도 아는 사람이었다.
빡빡하고 고지식한 전 수문각주 이자담 이 노대야와는 달리 말이 통했던 것이다. 젊은 수문무사가 가죽 주머니를 품속에 야무지게 쑤셔 넣은 후 살극달을 돌아보며 말했다.
"따라오시오."

방원 오천여 평의 탁 트인 공간의 가장자리를 따라 가지를 치렁하게 늘어뜨린 교목이 다수 서 있고, 그 교목의 뒤편에 크고 작은 전각들이 즐비한 것이 자하부의 첫인상이었다.
어떤 전각은 탑처럼 뾰족했고, 또 어떤 전각은 거북이가 웅크린 것처럼 평퍼짐했다.

 하지만 어느 것 하나 허투루 서 있는 법이 없고, 어느 것 하나 방위를 따르지 않은 것이 없었다.

 고도의 진법에 따라 치밀한 설계를 한 것이다.

 기문진처럼 사람의 눈을 희롱하지는 않지만, 대병력이 침입해 왔을 때 방위하기에는 그만이었다.

 '고인의 흔적이 있군.'

 사금을 받은 죄로 살극달의 안내를 맡은 사람은 추지량이라는 수문각의 하급무사였다.

 그는 교목을 지나 붉은 담장 사이로 난 길을 한참이나 걸었다. 가는 곳마다 각양각색의 복장과 무기를 든 무인들이 우글거렸다. 풍기는 분위기와 다양한 개성으로 미루어 자하부의 무인들은 아니었다.

 "장원이 어수선하오."

 추지량의 뒤를 따르며 살극달이 말했다.

 "노룡이 왔잖소. 그의 얼굴이나 한번 볼까 해서 중원 각처에서 무림인들이 대거 몰려왔는데 어찌 안 그렇겠소. 살아 있는 전설을 볼 절호의 기회인데. 어중이떠중이들을 다 걸러내고도 족히 수백 명은 자하부에 들어와 있을 것이오. 한 다리 건너면 다 아는 처지에 매정하게 내쫓을 수도 없고, 또 그럴 일도 아니고 해서 일단 식객으로 머물게 했다오."

 추지량은 마치 자신이 자하부의 주인이라도 된 것처럼 자랑을 했다. 그가 잠시 사이를 두었다가 다시 말을 이었다.

"놀랍지 않소? 천하의 노룡이 자하부로 오다니."

추지량은 가슴이 벅차오르는 듯 감개무량한 표정이 되었다. 하지만 살극달은 자하부의 풍광을 구경하느라 여념이 없었다. 살극달의 반응이 신통치 않자 추지량이 다시 물었다.

"그쪽은 별 감흥이 없는 것 같소?"

"뭐가 말이오?"

"노룡이 온다고 해서 지원한 게 아니었소?"

"노룡이 그렇게 대단한 사람이오?"

"거 무슨 객쩍은 소리요? 오합지졸 야만인 오백을 이끌고 일만의 마병을 무찌른 노룡에 대한 전설도 들어보지 못했단 말이오?"

"내가 아는 것과 좀 다르구려."

"무슨 말이오?"

"오합지졸 야만인들이 아니라 묘강(苗疆)에서 가장 강한 삼 개 부족의 사나운 전사들이었소. 그리고 마병들이 남만에 도착했을 때는 일만이 아니라 오천을 조금 웃도는 정도였소. 그때까지도 일만의 병력을 유지했다면 구대문파 등과 결전을 치르며 남하하는 동안 마병은 한 명도 안 죽고 오직 중원의 고수들만 깡그리 죽었다는 소린데, 무슨 그런 말도 안 되는."

살극달이 말끝에 핏 하고 웃음을 터뜨렸다.

졸지에 거짓말쟁이가 되어버린 추지량은 얼굴이 시퍼레져

자하부(紫霞府)로 오다 133

서 물었다.

"당신이 그걸 어찌 아시오?"

"그 전쟁에 참전했던 묘족 전사에게 들었소."

"당신이 그런 작자를 어찌 알아서?"

"내 대장간 단골이었소."

"대장간?"

"남만에서 대장간을 했지."

추지량은 꿀 먹은 벙어리가 되었다.

자신도 뭔가 좀 이상하다는 생각은 가지고 있던 터에 참전한 사람에게 직접 들었다고 하니 더는 따지고 들기도 뭐한 상황이었다.

하지만 살극달이 왠지 노룡의 공적을 깎아내리려 한다는 인상을 지울 수가 없었다. 사심이 들어간 말이 신빙성이 있을 리 없었다.

"아무렴 무림인들의 정보력이 남만의 야만인들 따위보다 못할까. 어디서 그런 되도 않는 풍문 따위를 들이밀고……."

살극달은 피식 웃으며 대수롭지 않게 응수했다.

괜스레 부아가 치민 추지량이 한참 동안 콧김을 뿜어대다가 다시 걸음을 옮겼다.

살극달이 추지량의 뒤통수에 대고 지나가는 말인 듯 가볍게 물었다.

"혹 하원일이라는 사람을 아시오?"

"하원일? 하원일, 하원일……. 어디서 많이 들어본 이름인데……."

"덩치가 펑퍼짐하고 팔뚝은 어지간한 장정보다 굵으며 귀밑엔 황제사마귀가……."

살극달이 거기까지 말했을 때 추지량이 어느 때보다 급박하게 걸음을 멈추고 뒤를 돌아보았다.

"혹시 혈귀대주 하원일을 말하는 거요?"

"혈귀대주? 그가 그렇게 높은 사람이었소?"

"혈귀대주를 어찌 아시오?"

추지량이 물었다.

좀 전과 달리 경계심이 가득한 목소리였다.

"동향이오."

"그를 잘 아시오?"

"어렸을 땐 함께 개구리 꽤나 잡았지."

추지량은 반신반의하다가 뭔가 짚이는 게 있는 듯 고개를 갸우뚱거리며 물었다.

"혹시 줄을 잡아 목 좋은 자리를 꿰찰 거라고 한 게 혈귀대주를 염두에 두고 한 말이었소?"

살극달은 대답 대신 빙그레 웃었다.

추지량은 어이없다는 듯 실소를 터뜨리고는 다시 걸음을 옮겼다. 좀 전의 경계심도 언제 그랬냐는 듯 사라졌다.

"그는 같은 남자가 봐도 정말 멋진 사람이었지. 신의를 목숨처럼 여기고 그 어떤 불의와도 타협하지 않았지. 젊은 나이에 그처럼 비범한 자도 드물 거요. 꺾이지 않는 그런 성정 때문에 고생깨나 했지만."

살극달은 소회에 젖었다.

녀석이라면 충분히 그랬을 것이다.

"그는 어떻게 자하부에 들어오게 되었소?"

"동향 사람이라면서 그것도 모르오?"

"그는 고향에 머무르는 일이 거의 없었소. 그나마 오 년 전엔 아예 고향을 떠나 버렸지."

"그랬군. 하긴 마을마다 그런 놈들이 한둘은 꼭 있으니까. 나도 풍문으로 들었소이다만 그가 처음 자하부와 인연을 맺은 것은 사오 년쯤 전이었소."

그때 사공녀의 나이 열아홉이었다.

한참 바깥세상을 동경할 나이인 그녀는 오공녀와 함께 수신호위들을 따돌린 채 변복을 하고 마희단(馬戲團) 구경을 나갔다.

한데 뜻하지 않는 불상사가 발생했다.

금사도의 교역권을 놓고 자하부와 전쟁 중에 있던 대복보(大腹堡)의 고수들이 두 사람을 발견, 남몰래 뒤를 밟다가 인적이 드문 곳에 이르러 납치를 시도한 것이다.

사공녀와 오공녀는 뇌정신군의 진전을 이은 고수였다. 두 사람은 십여 명에 이르는 대복보의 고수들을 상대로 피 튀기는 혈전을 치렀다.

그 과정에서 다섯을 죽이고 세 명에게 중상을 입혔다. 문제는 인근에 있던 대복보의 고수 스무 명이 급보를 받고 달려와 가세하면서부터였다.

이미 반 시진을 넘게 싸운 사공녀와 오공녀는 초주검에 이르렀고, 도저히 남은 자들을 상대할 수 없었다. 두 사람은 자포자기 상태에 이르렀다.

그때 그가 나타났다.

한 자루 칼을 어깨에 둘러메고 등장한 하원일은 귀신같은 움직임으로 단숨에 다섯 명을 쓰러뜨린 후 적이 당황하는 틈을 이용, 사공녀와 오공녀를 데리고 도주했다.

그때는 그 도주행이 사흘이나 이어질 줄 몰랐다.

숲에서의 싸움에 익숙했던 하원일은 도주로를 산으로 잡았고, 세 사람은 사흘 밤낮을 쉬지 않고 싸우고 도주하기를 반복했다.

적들은 계속해서 늘어났고, 사공녀와 오공녀는 아무런 지원을 받지 못했다. 적들에게 쫓기느라 연락을 취할 틈이 없었던 것이다.

그러다 결국 막다른 길에 이르렀다.

생의 마지막임을 직감한 세 사람은 그야말로 필사적으로 싸웠다. 그 과정에서 오공녀와 하원일은 크게 부상도 입었다.

마지막 순간이 다가온 것이다.

그때 뇌정신군이 수하들을 이끌고 나타났다.

진노한 뇌정신군은 무려 삼십여 명이나 되는 대복보의 일급고수들을 단 한 놈도 남기지 않고 그 자리에서 모두 도륙해 버렸다.

"전해 들은 말로는 그때 사공녀가 하원일을 데려가자고 졸랐다더이다. 뇌정신군께선 의원에게 데려다 주고 금자로 보상해 주는 차원에서 마무리를 지을 생각이셨지만 딸의 고집을 꺾을 순 없었지. 결국 뇌정신군은 사공녀와 함께 그를 자하부로 데려왔소. 한데 문제는 그때부터였소."

자하부로 들어온 하원일은 사공녀의 극진한 보살핌을 받았다. 무려 한 달이나 이어진 요상 끝에 하원일은 자리를 털고 일어났다.

그때부터 사공녀는 하원일을 데리고 다녔다.

적을 치러 나갈 때도, 저자에 술을 마시러 갈 때도, 남무림의 후기지수들과 주연을 벌일 때도 언제나 하원일을 대동했다.

바로 그 점이 사람들의 반감을 샀다.

남무림 최고의 미녀인 사공녀는 많은 후기지수들의 흠모를 한 몸에 받고 있었다. 그건 오성군도 예외는 아니었다. 그들은 사형제들이었지만 동시에 사공녀를 두고 경쟁하는 연적 관계이기도 했다.

그러다 결국 일이 터졌다.

"혈랑대의 고수 몇 명이 사소한 시비 끝에 칼을 뽑았다가 그 청년에게 맞아 턱주가리가 몽땅 날아가 버렸지."

"그래서 어떻게 되었소?"

"어떻게 되긴, 결국엔 혈랑대의 대주 검시랑(劍豺狼) 표길량까지 나섰지. 만날 기회가 있을지 모르겠지만 그는 정말 무서운 사람이라오. 검시랑이 나섰으니 이제 그 청년은 다들 죽었다고 생각했지."

"한데 그렇지 않았구려."

"말도 마시오. 그렇게 박진감 넘치고 치열한 싸움은 내 살다 살다 처음 봤소. 초저녁에 시작된 싸움이 다음날 새벽닭이 울 때까지 끝나지 않았지. 귀가 있고 눈이 있는 사람이라면 모두 나와서 구경을 했소. 하지만 아무도 말리지 못했소."

"그건 왜 그렇소?"

"이공자께서 끝까지 승부를 보자고 했거든."

"그래서 어떻게 됐소?"

"거의 양패구상으로 치달았지. 그 청년은 표길량의 눈에 검상을 새겨놓았고, 표길량은 청년의 배에 바람구멍을 냈으니까. 하지만 한 번 잃은 눈은 회복이 불가능하다는 걸 감안

하면 그 청년이 약간 우세했다고 볼 수도 있지. 그러다 날이 밝아올 무렵 뇌정신군께서 나타나 두 사람의 싸움을 중지시켰소. 그는 그 청년에게 자하부의 소문난 골칫덩어리들을 내어주며 키워보라고 했지. 정말 파격적인 인사였소. 그리고 이 년이 흐른 후 그들은 혈랑대를 위협할 정도의 집단이 되었소. 혈귀대의 탄생이었지. 뇌정신군께서는 크게 흡족해하시며 혈귀대주에게 사공녀의 수신호위를 맡겼소."

"혈귀대의 숫자는 얼마나 되었소?"

"본시는 쉰 명이었소. 그러다 모종의 일로 스물이 죽고 서른 명이 남았지. 이후로는 넘지도 모자라지도 않게 딱 그 숫자를 유지했지."

혈사곡에서 보았던 무덤의 숫자와 일치했다.

하원일은 혈사곡을 지나던 중 혈귀대의 수하들과 함께 전멸을 당한 것이다.

하원일이 자하부에 들어온 과정과 이곳에서 겪었던 일들을 듣자 살극달은 기분이 묘했다.

"한데 원일이에게는 형이 두 명 있었는데, 그들도 자하부로 들어왔소?"

살극달이 슬그머니 하소추와 하대광에 대해서도 물어보았다.

"형이 있었소? 금시초문인데."

"형제간에 우애가 깊었는데 바깥에선 내왕이 없었나 보군."

"어쨌거나 애석하게도 형장이 찾는 그 줄은 이제 없소. 혈귀대주는 석 달 전에 수하 삼십 명과 함께 몰살을 당해 버렸거든."

"그렇소?"

살극달은 안타깝다는 듯, 하지만 가족을 잃은 것만큼 슬프지는 않은 듯한 표정으로 다시 물었다.

"그는 무엇 때문에 남만으로 갔소이까?"

추지량은 살극달을 힐끗 뒤돌아보고는 말했다.

"내 혈귀대주에게 크게 신세 진 것도 있고 해서 한 가지 일러주리다. 두 발 뻗고 자고 싶거들랑 자하부에서 지내는 동안엔 일절 혈귀대주와 동향이라는 말을 하지 마시오. 그 사람 이름은 입 밖에도 꺼내지 말 것이며, 그가 어떻게 죽었는지도 묻지 마시오."

"그건 왜 그렇소?"

"글쎄, 그러면 그런 줄이나 아시오."

여기서 더 나아갔다면 의심을 살 수밖에 없었다. 추지량이 아무리 하급무사라고 한들 동료들과 이야기를 나누다 보면 지금의 대화를 이상하게 여기는 사람이 없으란 보장이 없었다.

어차피 서두를 일도 아니었다.

하원일의 행적을 따라가다 보면 그와 대척점에 있던 자들을 하나씩 만나게 되리라.

추지량과 이런저런 얘기를 하는 동안 어느새 또 하나의 탁 트인 공간이 나타났다. 바닥은 군데군데 파였고, 곳곳에 통나무와 돌덩이들이 산처럼 쌓여 있었다.

체력 단련을 겸한 연무장이었다.

선비의 꼿꼿한 정신은 서재를 보면 알 수 있고, 무인의 기상은 그들이 수련하는 장소를 보면 알 수 있다.

"저기가 무관이 벌어지는 장소요."

추지량이 연무장의 한쪽을 가리켰다.

붉은 담장 앞 청석이 깔린 곳에 병기를 세워둔 대형의 거치대가 있고, 그 곁에 다섯 명의 장년인이 방만한 자세로 앉아 개떼처럼 몰려든 무인들을 심사하고 있었다.

"행운을 비오."

사금 값은 다 했다는 듯 추지량이 한마디를 던지고 가버렸다.

살극달이 무관이 벌어지는 장소에 도착했을 때는 정체를 알 수 없는 살벌한 기운이 장내를 감돌고 있었다.

살극달은 곧 그 시발점을 알 수 있었다.

앞서 도전한 것으로 보이는 오십여 명의 무인이 금방이라도 판을 엎어버릴 것 같은 얼굴로 시연이 벌어지는 장소를 노려보고 있었는데, 살벌한 분위기는 바로 그들에게서 뿜어져 나왔다.

영문을 알 수 없는 가운데 또 한 사람이 장내로 들어섰다.

"사천성에서 온 강창성이라고 하오. 강호의 형제들은 귀환도(鬼煥刀)라는 별호를 붙여주었지."

장내에 한차례 탄성이 쏟아졌다.

귀환도 강창성은 사천성 일대에서 무섭게 떠오르는 신진고수였다.

감악산(感嶽山)의 어느 신비한 고수에게 사사했다는데, 무공에 대한 자신감 때문인지 물불을 가리지 않는 성격으로도 유명했다.

한마디로 야수와도 같은 사내였다.

강창성이 시연을 펼치기 시작했다.

귀환도라는 별호에서 알 수 있듯 그의 칼은 시종일관 허깨비처럼 흐릿한 잔영을 남기며 허공을 쪼개고 대기를 갈랐다.

파공성이 난무하는 가운데 시연은 어느새 중단으로 치달았다. 어느 순간 그의 칼이 십여 개로 흩어지더니 살을 에는 지독한 살풍이 전방의 심사관들을 쓸었다. 심사관들의 옷과 머리카락이 사정없이 펄럭였다.

'도풍(刀風)!'

살극달의 눈동자가 조금 커졌다.

좁고 가느다란 칼로 바람을 일으키는 데는 한계가 있다. 하지만 강창성의 도풍은 그 범주를 넘어 현실적이고 구체적인 압력을 뿜어냈다.

좀처럼 볼 수 없는 기예에 좌중에선 경쟁자라는 것도 잊은 채 박수갈채가 쏟아졌다.

전체가 사십구 식으로 이루어진 이 시연에 심력을 모두 쏟았음인지 강창성이 이마에 흐르는 땀을 닦으며 심사관들 앞에 섰다.

다섯 명의 심사관이 은밀한 시선을 주고받았다. 사람들은 숨을 죽이고 심사관들을 바라보았다.

누가 보아도 귀환도 강창성은 일류고수. 이런 자는 자하부 내에서도 그리 많지 않을 것이다.

이윽고 중지를 모은 심사관들은 발표를 미루고 한 걸음 떨어진 곳에서 무관을 참관하고 있는 사내를 응시했다.

작고 왜소한 체격에 눈매가 날카로운 매부리코 사내였다. 귀면검 한 자루를 가슴에 품은 그는 차가운 표정으로 턱을 어루만졌다.

심사관 중 하나가 좌중을 보며 일갈했다.

"탈락!"

좌중이 태풍을 맞은 것처럼 술렁였다.

"대체 내가 왜 탈락이오?"

강창성이 발끈하고 나섰다.

"그럴 만한 사정이 있으니 탈락했겠지. 괜한 소란 피우지 말고 물러나시오."

무관을 진행하는 젊은 무사가 말했다.

"그 사정을 말해주시오. 내 도법이 천하제일은 아니나 어디 가도 한몫은 단단히 한다고 자부하오. 대체 얼마나 대단한 무사를 구하기에 오십여 명이 시연을 하도록 단 한 명도 합격자가 나오지 않는단 말이오?"

"자신의 두레박 줄 짧은 걸 모르고 남의 우물이 깊다고 탓하는군."

매부리코의 사내가 낮은 음성으로 말했다.

쇠 주걱으로 솥 바닥을 긁은 것처럼 신경을 자극하는 목소리였다.

강창성이 매부리코사내를 돌아보며 말했다.

"그렇소? 그럼, 자하부의 우물이 얼마나 깊은지 한번 견식이나 해봅시다."

강창성은 보폭을 어깨 넓이로 벌린 채 칼끝을 아래로 흘렸다.

언제든 공격이 가능한 자세였다.

말로는 안 되겠다고 생각했는지, 아니면 이런 자들에겐 말보다 칼이 빠르다고 생각했는지 매부리코가 슬그머니 앞으로 나섰다.

"내가 이기면 어떻게 하겠소?"

강창성이 물었다.

"통과를 원하나?"

"천만에. 이젠 자하부엔 눈곱만큼의 미련도 없소. 대신 진 사람은 이긴 사람의 가랑이 사이를 기어가도록 합시다. 어떻소?"

"안하무인일 뿐만 아니라 경박하기까지 한 자로군. 너 같은 놈을 걸러내기 위해 무관을 치르는 거다."

"부디 그 주둥이만큼 검도 매섭길 바라오."

강창성은 눈매를 좁히더니 득달같이 신형을 날렸다. 그 모습이 흡사 안개가 덮치는 것처럼 은밀했다.

매부리코는 슬쩍 몸을 비틀어 상체를 가라앉혔다. 동시에 질풍처럼 강창성의 옆구리를 스쳐 갔다.

더 이상의 격돌은 없었다.

어느새 위치를 바꾼 두 사람은 그대로 석상처럼 멈춰 있었다. 약간의 시간이 흐른 후 매부리코가 피를 털어내며 검을 검갑에 꽂았다.

그리고 다시 아무 일 없었다는 듯 검갑을 가슴에 품고 천천히 돌아섰다.

반면, 강창성은 쩍 갈라진 옆구리에서 붉은 선혈을 콸콸 쏟아내고 있었다.

그는 작금의 상황이 믿어지지 않는 듯 매부리코와 자신의 옆구리를 번갈아 보다 풀썩 쓰러졌다.

"의원에게 데려가라."

매부리코의 한마디에 뒤쪽에서 대기하고 있던 두 명의 무인이 득달같이 달려와 쓰러진 강창성을 끌고 어디론가 사라졌다.

좌중이 찬물을 뒤집어쓴 듯 고요해졌다.

강창성은 그렇게 허무하게 쓰러져선 안 될 위인이었다. 단일 검에 강창성의 옆구리를 갈라 버린 매부리코의 무위에 사람들은 등골이 오싹해지는 공포를 느꼈다.

반면, 살극달은 한 가지 의문이 들었다.

매부리코가 심사관들을 조종하며 무관을 사실상 좌지우지하는 것으로 보아 범상치 않은 영향력을 지닌 인물임이 분명했다.

한데 그는 왜 쓸 만한 실력자들을 모두 탈락시키는 걸까?

'두고 보면 알겠지.'

"다음."

무관을 진행하는 젊은 무인의 한마디가 좌중의 침묵을 깼다.

그때, 놀라운 일이 벌어졌다.

차례를 기다리고 있던 사람들이 하나둘씩 도전을 포기하고 장내를 떠나 버린 것이다.

앞서 강창성만큼 고명한 도법을 펼칠 자신이 없거나 자하부의 지나친 행사에 불만을 품은 탓이었다.

한데, 떠난 사람들은 대기자들뿐만이 아니었다.

이미 탈락의 고배를 마신 후 '어디 얼마나 대단한 무사를 뽑으려는 건지 한번 보자'라는 심정으로 지켜보던 자들도 하나둘씩 장내를 떠났다.

살극달은 그제야 좌중의 살벌한 분위기의 사연을 알았다. 사람들은 자하부가 노룡을 품은 후 쓸데없이 콧대가 높아졌다고 생각하는 것이다.

하나의 문파가 사람을 품는 데는 한계가 있다. 이제 점점 천하의 고수들이 자하부를 찾아올 것인데 미리부터 어쭙잖은 무인들로 머릿수를 채워둘 필요는 없었다.

하지만 살극달의 생각은 달랐다.

문파가 고수를 골라 받는 것은 당연하지만, 심사관들의 표정과 매부리코의 태도, 그리고 소문으로 듣던 자하부의 속사정을 고려할 때 그것보다는 좀 더 내밀한 흑막이 숨어 있는 것 같았다.

모두가 떠나 버리자 남은 사람은 이제 대여섯 명에 불과했다. 그때 무관을 진행하는 자가 말했다.

"더 이상의 도전자는 없소? 없으면 오늘은 여기서……."

"여기 있소."

살극달이 물을 뿌려 대충 만들어놓은 시연장 안으로 들어섰다. 파장을 준비하며 서류를 주섬주섬 챙기던 심사관들이 짜증 난 투로 살극달을 보았다.

무언가 할 말이 있으면 해보라는 표정이었다.

어차피 귀담아듣지도 않을 거면서 형식은 갖추려는 심사

관들의 태도에 살극달은 고소를 지었다.
"살극달이오."
"살극달? 그게 이름이오?"
심사관 중 하나가 물었다.
"살극달은 성이고, 이름은 따로 있소이다."
"살극달이 성이라고?"
"이름까지 말하리까?"
"됐고, 사문이나 딱히 내세울 게 있으면 말해보시오."
"없소."
괴이한 이름에 이어 살극달의 단호한 한마디가 심사관들의 호기심을 자극했다. 자신의 재능을 필사적으로 피력하던 앞의 사람들과는 달랐기 때문이다.
"전엔 뭘 했소?"
"대장간을 했소."
"대장장이 일을 했다고?"
사람들은 그야말로 어리둥절한 표정이 되었다. 심사관 하나가 다시 물었다.
"특별히 잘하는 게 무엇이오?"
"이것저것 조금씩은 다 하오."
심사관은 별 희한한 놈 다 보겠다는 듯 잠시 고개를 갸웃거리더니 말했다.
"어디 그 이것저것이라는 것 한번 해보시오."

살극달은 요대를 앞으로 돌려 엉덩이에 매달아둔 박도를 쑥 뽑았다. 녹슨 도신이 백일하게 드러났다. 심사관들의 얼굴이 뜨악해졌다.
 "그걸로 할 거요?"
 "안 됩니까?"
 "그럴 리가."
 심사관이 입꼬리를 말며 한 손을 저었다.
 어서 해보라는 신호다.
 그러곤 곧 여기저기서 피식피식 실소가 터지기 시작했다. 시작도 하기 전에 그들은 살극달을 삼류라고 단정 지어버렸다.
 대장장이에 녹슨 박도를 든 자가 무공을 알면 얼마나 알겠는가.
 살극달은 잠시 장내를 쓸어본 다음 박도를 어깨 높이에서 수평으로 뉘이고 한쪽 다리를 반쯤 드는, 이른바 당랑거철(螳螂拒轍)의 자세를 취했다.
 그러곤 곧장 시연을 펼쳤다.
 "이엽!"
 우렁찬 기합과 함께 바닥을 쓸고 허공을 쪼개는 수법의 이름은 태산압정(泰山壓頂)이었다.
 뒤를 이어 중단을 수평으로 베는 횡소천군(橫消天君), 급박하게 돌아서며 후방을 자르는 회두망월(回頭望月)을 비롯, 삼

십여 개의 초식이 과장된 기합과 함께 일각여 동안 끊이지 않고 이어졌다.

우주를 관장하는 천(天), 지(地), 인(人)의 삼원(三元)을 기반으로 하여 만들어진 이 검법의 이름은 삼재검법(三才劍法), 수백 년 전 무당파가 창안하여 양생과 기공을 목적으로 만천하에 퍼뜨린 검법이다.

하지만 거창한 내력과 달리 저자의 파락호들조차도 알고 있는 하급의 검법이었다.

그나마 검이 아닌 도로 그것을 펼치니 그야말로 시끄럽기만 할 뿐 위력적인 기세라고는 눈곱만큼도 찾아볼 수가 없었다.

이윽고 시연을 끝낸 살극달이 이마에 흐르는 땀을 닦으며 심사관 앞에 섰다.

대여섯 남은 좌중의 구경꾼들은 그저 멍한 표정이 되었다. 겨우 삼재검법 따위를, 그나마 뒷골목의 파락호와 별반 차이도 없는 주제에 감히 자하부에 지원한 살극달의 뻔뻔함이 어이가 없었던 것이다.

당연하게도 심사관들은 별다른 상의조차 하지 않았다. 그들은 그럴 줄 알았다는 듯 실소를 짓기에 바빴다. 이윽고 심사관 중 하나가 탈락을 선언하려는 순간, 매부리코가 한 손을 들어 그를 제지했다.

갑자기 합죽이가 된 심사관을 뒤로하고 매부리코가 무관

을 진행하는 젊은 무사에게 물었다.

"마지막 지원자인가?"

"그렇습니다."

심사관들은 이제 매부리코의 입만 바라보고 있었다. 어쩔 거냐는 식이었는데, 매부리코는 예의 그 차가운 표정으로 코를 더듬었다.

심사관은 씁쓸한 뒷맛이 남는 듯한 표정을 지었다. 그러다 살극달을 돌아보며 선언하듯 말했다.

"통과!"

비룡잠호
秘龍潛虎

 무관을 진행한 젊은 무사의 이름은 조막가였다.
 백호당(白虎党) 산하의 십인장이라는 그는 말수가 적은 편이라고 자신을 소개했지만, 자신 같은 대단한 인물이 일개 평무사를 안내하는 것에 대해 생색을 아낄 만큼 입이 무겁지는 않았다.
 "노룡 군사를 맞는 일로 다들 바쁘지 않다면 어림도 없는 일이지. 아, 물론 나도 바쁘지만 연회를 준비하는 일들은 대개 아랫것들 차지니까."
 "노룡이 군사가 됐소?"
 "노룡이라니, 말조심하시오."

이상한 사람들을 만나다

조막가는 눈알을 부라리며 살극달을 한 번 돌아본 후 다시 걸음을 옮기며 말했다.

"그런 분을 모시고 왔으니 군사로 옹립하는 건 당연한 수순 아니오. 일공자께선 이미 정원이 딸린 소장원까지 마련해 둔 모양이더군."

일개 십인장 따위의 입에서 그런 말까지 흘러나온 것을 보면 이미 상당히 구체적으로 진척된 모양이었다.

"한데 아까 무관을 참관하던 검수는 누구요?"

"누구? 여제문?"

"이름이 여제문이오?"

"그렇소. 혈랑대 휘하의 십조장 중 하나인데 냉혹하기는 사갈과 같고 사납기는 이리와도 같은 자요. 어지간하면 그의 눈 밖에 나지 않는 게 좋을 거요."

"혈랑대면, 검시랑이라는 검수가 대주로 있는 그곳 말이오?"

"아주 귀가 깜깜하진 않구만. 하긴 혈랑대주처럼 유명한 사람을 모른대서야 말이 안 되지."

"그가 그렇게 유명하오?"

"유명하다마다. 자하부에는 세 개의 타격대가 있는데 그곳의 대주들은 오성군에 필적할 정도의 무공을 지닌 절정고수들이오. 그쪽이나 나같이 까마득한 졸자들에게는 그야말로 아득한 고수들이지. 지난바 권한도 막강해서 자하부에서는 그들의 눈치를 보지 않는 이가 드무오."

그런 사람의 눈에 검상을 새겨놓았으니 하원일도 참 어지간하다는 생각이 들었다. 어릴 적 녀석의 성정을 생각하면 충분히 그러고도 남을 일이었다.

놈은 지고는 못 사는 성미였다.

잠시 이야기가 다른 곳으로 샌 것이 억울한지 조막가는 또다시 잘난 척을 하며 생색을 내기 시작했다.

하지만 그의 잘난 체는 결과적으로 헛짓이었다.

살극달은 그의 말을 더는 귀담아듣지 않았다. 대신 조금 전 여제문이 강창성을 상대할 때 펼쳤던 검공을 복기하며 하원일의 주검에 남은 검흔과 비교했다.

혹여 공통점이라도 찾을 수 있을까 해서였다.

만약 혈랑대주 검시랑이 하원일을 공격했다면 그의 수하인 여제문도 가세하지 않았겠는가.

그러나 흔적을 찾는 건 쉽지 않았다.

그건 매우 추상적인 작업이어서 고도의 집중력과 추리력이 필요했다. 그럼에도 불구하고 공통점을 찾는 것은 어려웠다.

하지만 한 가지는 분명했다.

하원일에게 한쪽 눈을 잃은 검시랑은 하원일을 살해할 충분한 동기가 있다는 것이다.

두 사람이 그렇게 딴생각을 하며 도착한 곳은 자하부의 중

앙에 있는 초대형의 건물이었다.

마당을 가운데 두고 원형의 성채처럼 둘러싼 삼 층의 건물은 분명 하나로 이루어진 건물인데, 어지간한 마을이라고 해도 좋을 정도로 컸다.

"이건 토루(土樓) 아니오?"

살극달이 말했다.

토루는 복건성 남서쪽의 일부 씨족 집단이 외부의 적을 방어하기 위해 만든 공동주택이었다.

산이 높고 고개가 험한 복건의 지형에 맞게 발전되어 온 주거 형태인데, 이것을 귀주성에서 보게 될 줄은 꿈에도 몰랐다.

"제법 견문이 넓소?"

조막가가 의외라는 듯 말했다.

그는 이어 일층은 식당으로 쓰이고, 이층과 삼층은 내방객들을 위한 객방으로 쓰인다는 설명과 함께 살극달을 삼층으로 데려갔다.

그러곤 다시 좌우에 문이 줄지어 선 회랑을 따라 한참이나 가서는 가장 끝 쪽의 콧구멍만 한 방 하나를 내주었다.

"호출이 있을 때까지 여기서 지내시오."

"여긴 내방객들을 위한 객청이라고 하지 않았소?"

"그게 뭐?"

"난 무관을 통과했으니 자하부의 사람이 된 것 아니오?"

"정식으로 배속이 되어야 진짜 자하부 사람이라고 할 수 있지."

"하면 언제 배속을 받을 수 있소?"

"그거야 두고 봐야 알지."

알 수 없는 한마디를 남겨놓고 조막가는 귀찮다는 듯 방을 나가 버렸다.

어이가 없어진 살극달은 조용히 주변을 돌아보았다. 십여 평의 좁은 방엔 벽면의 모서리를 따라 세 개의 침상이 놓여 있었다.

그중 하나는 좀 전까지 누군가 누웠던 흔적이 있었고, 다른 하나는 지금도 누군가 누워 있었다.

거대한 비곗덩어리라고밖에 할 수 없는 그는 벽 쪽으로 돌아누운 채 코를 드렁드렁 고는 중이었다.

살극달은 창가의 남은 침상에 지친 몸을 뉘었다. 운남의 국경지대에서 귀주까지 보름이 넘는 길을 쉬지 않고 걸어온 터라 몸이 천근만근 무거웠다.

하지만 이상하게도 잠은 오질 않았다.

옆에서 돼지가 천둥처럼 코를 골아대서 더 그런지도 몰랐다. 살극달이 이리저리 몸을 뒤척이는 사이 어느덧 해가 지고 사위가 어두워졌다.

상념에 빠져 있는 사이 반나절이 훌쩍 지나간 것이다. 그 무렵 누군가 호롱불을 들고 들어왔다.

어둡던 방 안이 다시 밝아졌다.

새롭게 등장한 사람은 살극달이 누워 있는 것을 발견하고는 버럭 짜증을 냈다.

"뭐야! 또 남자야!"

이게 뭔 소린가 싶어 살극달이 상대를 바라보았다. 상대는 호롱불을 벽체의 거치대에 올려놓더니 살극달을 보며 다시 한 번 짜증을 부렸다.

"뭐야, 지저분하기까지 하잖아."

놀랍게도 그는 여자였다.

몸매가 훤히 드러나도록 딱 달라붙는 가죽 바지에 적삼과 배자(褙子)를 걸쳤는데, 한눈에 봐도 기묘한 차림이었다. 허리에는 초승달 모양으로 휘어진 소월도(小月刀) 한 자루가 매달려 있었다.

복장이 워낙 특이했던지라 살극달은 그녀를 아래위로 살피다가 가장 마지막에서야 얼굴을 보았다.

그러곤 일순 표정을 굳혔다.

절색까지는 아니었지만 그 나름 충분히 매력적이고 아름다운 여인이 두 손을 허리에 척 올리고는 가자미눈을 뜬 채 살극달을 노려보고 있었다.

"어, 미안하오. 복장이 하도 특이해서."

살극달이 난감한 얼굴로 사과했다.

"미안하다면 다야? 여자의 몸을 그렇게 끈적끈적하게 핥아

놓고?"

"하, 핥다니, 무슨 그런 말씀을······."

"혓바닥으로 핥아야만 핥는 건 줄 알아?"

"······!"

살극달은 어이가 없었다.

낯모르는 사내와 대화를 나누면서 이토록 파격적인 언어를 구사하는 여인은 난생처음이었다. 까딱하다간 음흉한 놈으로 몰릴 것 같다는 생각에 살극달은 분명하고도 확실하게 답했다.

"난 절대 그런 적 없소."

"내가 다 봤는데 어디서 오리발이야?"

"의도는 그게 아니었지만, 어쨌든 그렇게 느꼈다면 내 불찰이오. 진심으로 사과하겠소."

살극달은 침상에서 일어나 여자를 향해 공손히 포권을 했다. 그 모습이 의외였는지 여자가 조금 누그러졌다.

하지만 방 안에 남자가 둘이나 있다는 게 마음이 안 드는지 계속해서 투덜거렸다.

"주꾸미 같은 자식들, 대체 일 처리를 어떻게 하는 거야? 여긴 여자가 있다고 몇 번을 얘기했는데도 계속 남자를 넣어주면 도대체 나더러 어쩌란 말이야."

미루어 짐작해 보면 눈앞의 여자가 처음 이 방을 썼고, 그 후 침상에서 자고 있는 뚱보와 살극달이 연이어 들어온 모양

이상한 사람들을 만나다 161

이었다.

 식객을 관리하는 곳에서 무언가 착오가 있지 않고서는 일어날 수 없는 일이었다.

 "내가 가서 다시 한 번 말을 해보겠소."

 살극달이 유일한 짐인 박도를 요대 사이에 찔러 넣고 나갈 채비를 했다. 남자와 여자를 떠나 저런 여자와 같은 방을 쓴다면 시끄러워 견딜 수가 없을 것 같아서였다.

 "소용없어."

 "……?"

 "노룡인지 뭔지 하는 괴물이 오는 바람에 객방이 모두 동이 났거든. 그래서 마지막엔 남자와 여자를 한 방에 쑤셔 넣는 거고."

 그걸 알면서 그렇게 노발대발했다고?

 잠시 의아한 생각이 들었지만, 자하부의 사정과 상관없이 그녀의 입장에선 화가 날 만도 하겠다 싶었다.

 낯모르는 남녀가 한 방을 쓰면 아무래도 불리한 건 여자니까.

 "그러면 어떻게 한다……."

 정말로 난감해진 살극달이 손으로 까칠까칠한 턱을 긁었다.

 "어쩌긴 뭘 어째. 그냥 한 방을 쓰는 수밖에."

 "……?"

"왜, 나처럼 반반한 여자가 한 방을 쓰자고 하니까 설레니?"

"무슨 그런 말을!"

"아무튼, 오늘까지만 자고 방이 빠지면 당장 그리로 옮겨."

"고맙소. 그리고 이건 노파심에서 말씀드리는 거외다만 소저에게 무례를 범하는 일은 절대 없을 거요. 약속드리리다."

"하려면 할 수는 있고?"

여자가 말을 하며 허리에 찬 도갑을 손가락으로 톡톡 두들겼다. 함부로 덮쳤다간 가만두지 않겠다는 경고다.

어지간히 무예에 자신이 있는 모양이었다.

여자의 당당한 태도에 살극달은 그만 꿀 먹은 벙어리가 되어버렸다. 그런 살극달의 모습이 재밌었는지 여자가 피식 웃음을 터뜨렸다.

"뭐 어쨌든, 인사도 없이 하루 종일 자빠져 자는 어떤 사람보단 낫네. 나름 경우도 있고."

아마도 침상에서 퍼질러 자는 저 뚱보사내를 두고 하는 말인 모양이다.

그녀가 재우쳐 말했다.

"난 장자이. 당신은?"

"살극달이오."

"살극달? 그게 이름이야?"

"이름이 아니고 성이오."

이상한 사람들을 만나다 163

"성? 그럼 이름이 따로 있단 말이야?"
"그냥 살극달이라고 부르시오."
"안 그래도 그럴 참이야. 살극달이라니. 이름이라 해도 괴상한데 성이라고 하니 더 괴상하네. 그런데 몇 살이야?"
"서른여덟이오만."
"……!"
장자이의 얼굴이 순간 굳어졌다.
그녀는 필요 이상으로 당황한 듯했다.
얼굴이 붉으락푸르락해지더니 급기야 살극달의 눈치까지 보며 시선을 내리깔았다.
'너무 많이 불렀나?'
살극달은 속으로 웃지 않을 수 없었다.
장자이의 말투가 지나친 면이 있어 조금 놀려줄 생각에 대충 그녀보다 열대여섯 살 정도 윗줄에서 부른 것인데, 그녀가 생각 외로 당황했던 것이다.
살극달의 이런 생각과 달리 장자이는 속으로 죽을 맛이었다.
그녀의 나이 올해로 스물둘, 강호를 종횡하며 사귄 사람 중에는 마흔 살이 넘은 장년인도 많았다.
하지만 서른여덟은 그녀에게 좀 각별했다.
아버지와 갑장인 사람에게 '야, 자' 할 수는 없지 않은가. 왜인지 모르지만 그건 정말 호래자식이나 할 짓인 것 같았다.

"확실히 서른여덟 맞아요?"

장자이의 말투가 대번에 공대로 바뀌었다.

"아닌 것 같소?"

"그렇게는 안 보이는데?"

"눈썰미 한번 매섭구려. 실은 서른아홉이오. 넉 달만 지나면 마흔이지."

"왜 자꾸 쭉쭉 늘어나… 요?"

"한 살이라도 젊어 보이고 싶은 마음에."

"……!"

장자이의 얼굴이 똥 씹은 것처럼 떨떠름해졌다.

뭔가 하고 싶은 말이 있는데, 자꾸만 망설이다 결국은 꿀떡 삼키는 것 같았다.

살극달은 속으로 고소를 지었다.

'뭔가 이상하지? 그래도 어쩔 거야. 자꾸 따지면 너만 손해다.'

천방지축 말괄량이 아가씨의 주둥이를 간단하게 꿰매 버린 살극달은 다시 침상에 누웠다. 그때 어디선가 맑은 노랫소리와 함께 악공들의 연주가 들려왔다.

"어, 이게 뭐지?"

장자이가 창가로 다가가며 환한 표정을 지었다. 입은 거칠어도 아직은 어린 여자인 것이다. 그녀는 신기한 구경거리라도 발견한 듯 소리의 진원을 찾아 창밖을 한참이나 두리번거렸다.
 악공들의 연주를 배경으로 아름다운 노랫가락이 들려오는 곳은 금검장이 있는 북쪽 정원이었다.
 금검장의 장원은 지금 불야성이었다.
 "노룡을 맞는 영접연을 하는 모양이네."
 살극달은 침상에 누워 장자이가 하는 말을 들었다. 결국 노룡은 금검장으로 간 모양이었다.
 저렇게 성대하게 연회를 여는 것은 노룡이 금검장의 손님이라는 것을 알리고, 자신들의 정통성을 확보하기 위해서다.
 자하부의 부주가 엄연히 존재하거늘 그런 절차를 무시하고 저렇게 파격적인 행동을 하는 것은 결코 정상적인 상황이라고 할 수 없었다.
 '점령군처럼 구는군.'
 호기심을 참지 못한 장자이는 연회를 구경하겠다며 창밖으로 뛰쳐나갔고, 방 안엔 코를 고는 돼지와 살극달만 남아 있었다.
 밤이 깊어지도록 살극달은 잠을 이루지 못했다.
 낮에 조막가라는 자로부터 들은 하원일의 이야기 때문이었다. 녀석이 사공녀를 만나고, 그녀의 총애를 얻고, 다시 혈귀대주라는 막강한 지위에 오르기까지 얼마나 많은 일이 있었을까?
 '원일아, 너는 이곳에서 대체 무얼 하고 있었던 것이냐.'

*　　*　　*

 금검장이 불야성을 이루던 그때 정작 연회의 주인공인 노룡은 그의 거처에서 일공자 이천풍과 독대를 하고 있었다.
 "어려운 걸음 해주셔서 다시 한 번 감사드리오."
 이천풍이 말했다.
 상대가 제아무리 살아 있는 전설이라고 해도 그를 상전으로 모실 수는 없는 일, 그 관계를 명확히 하기 위해서라도 그는 반공대를 했다.
 그러나 마음 한편으로는 조심스러움이 없지 않았는데 다행히 노룡은 이천풍의 이런 사정까지 짐작하는 듯했다.
 노룡이 빙긋 웃으며 말했다.
 "편하게 말씀하십시오. 장차 천하의 주인이 되실 분 아니십니까. 깍듯이 주군으로 모시겠습니다."
 "천하……?"
 "설마하니 이깟 장원 하나 손에 넣겠다고 제게 손을 내민 건 아니시겠죠? 저 역시 일공자께서 능히 천하를 품을 위인이라 여기고 걸음을 했습니다만, 제 생각이 틀렸습니까?"
 노룡이 지긋한 시선으로 이천풍을 응시했다.
 이천풍은 속으로 적잖게 당황했다. 노룡의 한마디는 너무나 광오했다. 그래서 노룡다웠다. 야만의 전사 오백을 이끌고

이상한 사람들을 만나다 167

일만의 마병을 몰살시킨 신화의 주인이 아닌가. 그런 사람이라면 응당 야망의 크기가 남들과는 달라야 한다.

"노공(老公)께서 할 일이 많으실 겝니다."

"뛰어난 주군을 모시는 신하만이 누릴 수 있는 특권이지요."

크게 흡족한 이천풍이 호탕하게 웃었다.

노룡도 따라서 미소를 지었다.

잠시 후, 노룡이 물었다.

"그나저나 선물은 받으셨는지요?"

"선물?"

이천풍은 눈매를 좁히며 생각에 잠겼다.

아무리 생각해도 지난 한 달 동안 자신에게 배달된 물건은 없었다. 노룡이 빙긋이 웃으며 말했다.

"군신의 인연을 기념하기 위해 조촐하게나마 준비를 해보았습니다. 오백만 냥 정도로 맞추어서 보내라고 했습니다만."

"하면 그게……!"

뒤늦게 노룡의 말을 알아들은 이천풍이 눈을 크게 떴다. 지난 한 달 동안 남무림의 여러 상방에서 보내온 재물의 양이 단 한 냥도 넘치거나 모자라지 않고 딱 오백만 냥이었다.

서로가 알고 보낸 것도 아닌데 어떻게 딱 오백만 냥을 맞추었을까 내심 이상하게 생각하는 터였는데, 그게 노룡의 솜씨

였을 줄이야.

"어떻게 된 겁니까?"

"금사도로 향했던 자하부의 상선 열 척을 빼돌린 사람이 접니다. 정확하게 말하면 저의 언질을 받은 경쟁 상방들이었죠."

"왜 그런 일을……!"

이천풍은 소스라치게 놀랐다.

자하부의 상선을 약탈하고 그 재물을 바치면서 선물이라 하다니, 그게 어떻게 선물이 될 수 있는 것일까?

노룡은 섬뜩한 미소를 지으며 말을 이었다.

"이번이 끝이 아닙니다. 앞으로 자하부는 금사도는 물론 남해의 그 어떤 곳에서도 교역할 수 없을 겁니다."

"그게 무슨……."

"이공자에게는 있고 주공에게는 없는 것이 있습니다. 그게 무엇인지 아시겠습니까?"

"삼뇌지요. 하지만 이제 노공을 얻었으니 천군만마가 부럽지 않습니다."

"그게 그렇게 간단한 일이 아닙니다. 삼뇌는 여러 무림세가들과의 막강한 인맥을 자랑합니다. 그 힘은 언제든 금력으로도 바뀔 수 있지요. 돈이 없으면 아무것도 할 수가 없습니다. 하지만 주공에겐 그런 금력이 없습니다. 적어도 지금까진 그랬지요."

"앞으로는 다를 것이란 말이오?"

"제가 오기 전까지 자하부의 금력은 오공녀께서 쥐고 있었습니다. 만에 하나 그녀가 이공자에게 붙는다면 주공의 거사는 물거품이 됩니다. 그래서 우선 오공녀의 손발부터 잘라놓은 겁니다. 대신, 자하부가 가지고 있던 각종 교역권과 상선의 권리를 다른 상방들이 가져갈 것입니다. 그 대가로 남무림의 상계는 주공을 지지할 겁니다. 주공께서 천하를 손에 넣을 때까지 아낌없이 경제적 지원을 하는 것은 물론, 필요할 경우 상계의 정보력까지 제공하기로 이미 약조가 되어 있습니다."

이렇게 되면 조빙빙이 막수혼에게 동조할까 내심 걱정했던 이천풍으로서는 두 마리 토끼를 한 번에 잡게 된다. 조빙빙의 손발을 묶는 동시에 막강한 전쟁 자금을 손에 넣은 것이다.

이천풍은 전율을 느꼈다.

노룡은 단 한 방에 께름칙해 마지않던 오공녀의 날개를 꺾고 자신에게는 가장 취약한 부분이던 전쟁 자금을 확보했다.

선물치고는 너무나 컸다.

한데 노룡의 선물은 그게 끝이 아니었다.

"그리고 이건 두 번째 선물입니다."

말과 함께 노룡이 비단 보자기를 내밀었다.

매듭을 풀자 낡은 서책 두 권이 나왔다.

환환미종보(幻幻迷宗步).
흑심투골장(黑芯透骨掌).

"이건!"
이천풍의 얼굴이 하얗게 질렸다.

환환미종보와 흑심투골장은 정마대전 당시 수많은 무림의 고수들을 비명에 보낸 거마두들의 무공이다. 그들은 남만의 밀림으로 들어갔다가 몰살을 당했다. 바로 눈앞의 노인 노룡에 의해서였다.

그러니 그들의 무공 비급이 노룡의 손에 있는 것도 따지고 보면 그리 이상할 게 없었다.

노룡이 말했다.

"이걸 들고 죽림의 노인들을 찾아가십시오. 무슨 수를 써서든 그들을 주군의 편으로 만드셔야 합니다."

죽림의 노인이란 뇌정신군이 강호를 종횡하던 시절 만난 이원로(二元老)를 말한다.

그들은 각각 경신공과 장법의 고수로, 뇌정신군에 육박할 정도의 고강한 무학을 지닌 것으로 알려졌다. 하지만 두 사람은 십 년 전부터 죽림에 은거, 세상사에 모두 초연한 채 신선과도 같은 삶을 살고 있었다.

그들이 죽림을 나왔을 때는 딱 한 번, 뇌정신군이 죽었을 때였다. 그리고 또다시 죽림에 은거했고, 자하부에서 벌어지는 권력 싸움에 일절 관여하지 않았다.

그들의 행동이 의미하는 바는 명확했다.

싸워서 이기는 자가 주인이 된다.

"그들은 비급에 연연할 분들이 아니오."

"알고 있습니다. 비급은 단지 선물일 뿐 그들의 마음을 움직이는 건 오직 주군의 능력에 달렸습니다. 그 어떤 약속이나 달콤한 말도 하지 마십시오. 세 치 혀로 그 늙은이들을 다루려고 하시면 절대 안 됩니다. 오직 마음만 보여주십시오."

"갑자기 그분들을 만나라는 이유가 무엇이오?"

"일차 거사가 실패했을 경우를 대비한 안배입니다."

"일차 거사라면……?"

"이공자의 손발을 자르는 것이지요."

이천풍의 눈매가 좁아졌다.

노룡은 빙긋 웃더니 무섭고 섬뜩한 이야기를 시작했다.

"저의 등장으로 삼뇌는 이공자에게 사공녀와의 혼례를 서두르라고 조언할 겁니다. 만약 이공자와 사공녀께서 혼례를 치르게 되면 모든 무림방파의 지지가 이공자에게 쏠릴 겁니다. 그땐 길고 지난한 싸움이 될 수밖에 없습니다. 그전에 무슨 수를 써서라도 막아야 합니다."

"혼례를 막을 방도라도 있으시오?"

"있습니다."

"그게 무엇이오?"

"사공녀께서 죽어주시면 됩니다."

"……!"

이천풍의 눈동자가 화등잔만 하게 커졌다. 신색은 붉게 달아올랐다가 서서히 흙빛으로 변해갔다. 내면의 감정이 놀람에서 당황함으로, 다시 두려움으로 바뀐 것이다.

그런 이천풍을 직시하며 노룡이 착 가라앉은 목소리로 말을 이었다.

"지금부터 소신이 하는 말을 잘 들으십시오. 이공자가 힘을 쓰는 건 그가 사공녀를 인질로 삼았기 때문입니다. 그리고는 삼뇌의 입을 통해 마치 사공녀의 의지인 양 자하부의 대소사를 좌지우지하고 있죠. 사공녀가 죽으면 이공자도 삼뇌도 힘을 쓸 수가 없습니다. 복잡하게 꼬인 일들을 한 방에 풀 수 있는 유일한 방법입니다."

"꼭… 죽여야 하오?"

이천풍은 갈등하고 있었다.

노룡은 그 이유를 너무나 잘 알고 있었다.

오늘 처음 자하부로 왔지만 사실 그는 이미 석 달 전부터 자하부의 사정에 대해 면밀히 조사를 했다.

"천하의 주인이 되시면 세상의 모든 계집이 주공의 발아래 엎드릴 것입니다. 부디 작은 정에 이끌려 대사를 그르치지 마시길."

이천풍은 쉽사리 결정하지 못했다.

이상한 사람들을 만나다

처음엔 사매였으나 후에는 연모하는 사람이었던 그녀를 자신의 손으로 제거하는 것은 쉬운 일이 아니었다.

하지만 발정 난 수캐 같은 막수혼에게 주는 것은 상상만 해도 끔찍했다. 그럴 바에야 차라리 자신의 손으로 독고설란의 목숨을 끊어주는 게 나았다.

한참을 고민하던 이천풍이 마침내 결심을 했다.

"거사일은 언제가 좋겠소?"

"사흘 후, 작전명은 여우사냥입니다."

비룡잠호
秘龍潛捕

 이공자의 사주를 받은 백호당이 농간을 부려 지원 무사들을 모두 탈락시켰다는 사실을 살극달이 알게 된 것은 사흘이 지난 후 장자이를 통해서였다.
 "그러니까 녹슨 박도로 삼재검법을 펼친 그 사람이 당신이란 말이죠? 아, 웃겨."
 "그게 그렇게 웃겨?"
 살극달이 말했다.
 첫날밤을 보낸 직후부터 살극달은 장자이에게 말을 놓았다. 장자이는 쓰게 웃었지만 딱히 따지고 들진 않았다. 거침이 없어서 그렇지 아주 막돼먹은 여자는 아닌 것 같았다.

"웃기지 그럼 안 웃겨요. 얼마나 하찮게 보였으면 합격을 시켜놓고도 서로서로 미루다 까먹어 버리냐 그래."

장자이가 배꼽을 잡고 깔깔거렸다.

당황스럽긴 했지만 아주 없는 말은 아닌지라 살극달은 뒤통수를 벅벅 긁었다.

사흘 전 조막가는 살극달을 청와각에 데려다 놓은 후, 금검장 쪽 세력인 청룡당 휘하의 오각에 무사를 새로 뽑았으니 쓸 일이 있으면 데려다 쓰라며 보란 듯이 통지를 보냈다.

한마디로 엿을 먹인 것인데, 청룡당 휘하의 오각 역시 살극달이 합격한 과정에 대한 보고를 이미 받은 터라 조막가의 통지 자체를 아예 묵살해 버렸다.

덕분에 살극달은 양쪽 모두에게서 잊힌 존재가 되어버렸고, 먹고살기 위해선 어쩔 수 없이 청와각에 머무는 내방객들과 섞여 식당을 들락날락거려야 하는, 웃지도 울지도 못할 상황이 발생한 것이다.

"그쪽도 웃을 처지가 아닐 텐데."

살극달이 말했다.

장자이가 웃음을 뚝 그쳤다.

사실 미아가 된 사람은 살극달만이 아니었다.

장자이 역시 살극달보다 하루 앞서 무관에 도전했고, 그날의 유일한 합격자였다. 말은 않지만 하루 종일 잠만 자는 뚱보 역시 같은 경우인 것 같았다.

결국 살극달을 포함한 세 사람은 삼 일 동안 치러진 무관에서 유일하게 합격한, 그저 그런 삼류무사들이었던 것이다.

"눈치 한번 귀신이네."

장자이가 뜻밖이라는 듯이 말했다.

살극달은 장자이야말로 정말 귀신같다는 생각을 했다. 지난 사흘 동안 그녀는 해가 지면 감쪽같이 사라졌다가 해가 뜨면 어김없이 객방으로 돌아와 잠을 잤다.

한마디로 야조처럼 밤과 낮을 바꿔 살았다.

반면 살극달은 밤에는 자고 낮에는 뒤척거리며 시간을 보냈기 때문에 사흘 동안 장자이와 나눈 대화라고는 거의 없었다.

그건 뚱보도 마찬가지였다.

장자이가 낮에 자고 살극달이 밤에 잤다면, 뚱보는 밤이고 낮이고 잤다. 뚱보가 일어나는 것이라곤 하루에 딱 세 번, 식사를 할 때였다.

무슨 조화를 부리는지 밥때가 되면 누가 깨우지 않아도 귀신같이 일어나 밥을 먹으러 갔다.

그때마다 뚱보는 침상 밑에서 기이하게 생긴 낫 두 자루를 꺼내 뒤춤에 찔러 넣었다. 날이 짧고 손잡이가 긴 이것을 무림인들은 겸도(鎌刀), 혹은 겸(鎌)이라고 부른다.

겸이 두 자루니 쌍겸이었다.

어쨌거나 그런 식으로 각자가 시간을 보내다 사흘째 되던

도둑과 살수 179

오늘 저녁 우연찮게 셋이서 함께 식사를 하러 가게 되었다.

전혀 의도하지 않았던 상황이기 때문에 어색할 법도 했지만 장자이도 뚱보사내도 별로 개의치 않는 기색이었다.

사흘 밤을 함께 보낸 사이끼리 묘한 유대감이라도 생긴 모양이었다.

청와각 일층의 식당은 동서남북 네 구역으로 나뉘어 있었다.

동쪽에서부터 방위와 오래 사는 동물의 이름을 붙여 각각 동귀루(東龜樓), 서학루(西鶴樓), 남록루(南鹿樓)라고 불렀다. 마지막으로 북쪽은 북상루(北象樓)라는 이름을 가졌는데 통째로 주방이었다.

그래서 사람들이 식사를 하는 공간은 동귀루, 서학루, 남록루 세 곳이었다.

조금이라도 눈썰미가 있는 사람이라면 이 세 곳을 상징하는 동물 중에서도 좀 더 오래 사는 놈이 있다는 걸 알 것이다. 살극달은 첫날 식당을 찾아왔을 때 그 이유를 알았다.

동귀루는 좁지만 대신 가장 호화롭고 음식의 질도 뛰어나서 오성군의 혈족이나 당주 급 이상의 수뇌부, 그리고 외부의 귀빈들만 출입할 수 있었다.

그 외 서학루는 각주를 비롯한 요직의 간부들이, 남록루는 일반 평무사와 청와각에 집단으로 머무는 내방객들이 출입할 수 있었다.

밥 먹는 것에도 신분을 따져 상명하복의 질서를 엄하게 지키도록 하려는 것이다.

여기까지만 해도 자존심이 조금이라도 있는 사람이라면 배알이 뒤틀리게 마련이다. 하지만 안으로 들어가면 더욱 배알이 꼬이는 광경을 목격하게 된다.

온갖 요상한 이름으로 입구를 나눈 것과 달리 안쪽은 벽이 없는 하나의 거대한 공간이었다. 잘난 놈이나 못난 놈이나 다 같이 한 공간 안에서 허리까지 오는 칸막이를 사이에 두고 함께 밥을 먹는 것이다.

탁자와 탁자 사이의 공간이 넓고 점소이가 시중을 드는 동귀루나 서학루와 달리 남록루는 식당을 연한 구멍에 사람들이 줄을 지어 배식을 받은 다음 알아서 자리를 찾아 먹어야 했다.

초경(初更)에 접어든 시각임에도 식당은 반주를 겸해 늦은 저녁을 먹는 사람들로 붐볐다.

다들 무인임을 증명이라도 하듯 허리에 칼 한 자루씩을 찼는데, 그런 사람들이 떼거리로 있으니 그 기세가 사뭇 대단했다.

주먹만 한 만두 두 개를 식판에 받아 든 살극달은 마땅한 자리를 찾지 못해 멍하니 서 있었다.

내방객들이 식사를 하는 남록루는 이미 청와각에서 묵는 내방객들로 만원이었기 때문이다.

"뭘 그렇게 눈치를 봐요?"

소채를 수북이 담아온 장자이가 팔꿈치로 살극달의 옆구리를 툭 건드렸다. 그리곤 눈을 찡긋찡긋하면서 따라오라는 시늉을 했다.

"거긴 높은 사람들이 먹는 곳인데."

"밥 먹는 데 귀천이 따로 있나. 빈자리 있으면 눈치껏 앉아 먹는 거지. 사람이 많아서 누가 누군지도 모르겠구만."

그녀의 말처럼 서학루는 사람이 많았지만 남록루에 비해서는 한산했고, 동귀루는 거의 비어 있었다.

말을 끝낸 장자이는 서학루를 가로질러 창가 쪽에 자리를 잡고는 살극달과 뚱보사내를 향해 '여기요'라고 외치는 대담함까지 보였다.

살극달은 멍한 표정이 되어 뚱보사내를 보았다. 돼지고기가 산처럼 쌓인 접시를 든 뚱보사내는 어깨를 한 번 으쓱하더니 나도 모르겠다는 듯 장자이를 향해 걸어갔다.

'시원한 친구들이로군.'

살극달은 피식 웃고는 뒤를 따랐다.

"그나저나 언제까지 이러고 있을 수는 없는데."

살극달이 만두를 집어 먹으며 말했다.

"오히려 좋지 않아요? 밥도 공짜고."

"지금이야 몰려드는 식객들 때문에 정신이 없어서 그렇다지만, 나중에라도 공밥을 먹고 있다는 걸 알면 내버려 둘까?"

"공밥 먹이기 싫으면 어딘가로 배속을 시켜주겠죠."

"그러다 내쫓으면?"

"쫓아내면 가면 되죠. 그게 뭔 대수라고."

"갈 데는 있고?"

"갈 데야 많죠. 무림문파가 천하에 자하부밖에 없을까 봐."

"좋겠군."

"거기는 갈 데가 없나 보죠?"

"그렇다기보단 자하부에 꼭 있어야 해."

"무슨 일인데요?"

"그런 일이 있어."

살극달이 눈을 내리깔며 만두를 집어갔다.

"하여튼 남자들이란, 비밀스러운 척하면 멋있어 보이는 줄 안다니까. 그나저나 자하부에 남아 있다면 어디로 배속되고 싶어요?"

"글쎄. 일은 없고 돈은 많이 주는 쪽이 좋겠지?"

"마침 그런 곳이 딱 하나 있는데."

"그래?"

"확실하진 않은데 삼공자가 오공녀의 부탁을 받고 자미원에서 일할 사람을 구하는 모양이더라고요."

"자미원? 거긴 위험한 곳 아닌가?"

도둑과 살수 183

"아주 눈치가 없진 않군요. 거기로 끌려가면 백 중 백 죽어요. 언젠간 반드시."

"그런 곳엘 가라고?"

"편하고 돈 많이 주면 어디든 좋다면서요. 위험하지만 편하긴 엄청 편하겠죠. 사공녀 하나만 보필하면 되니까. 게다가 사공녀는 자미원 깊은 곳에서 틀어박혀 나오질 않는다니 잔소리를 들을 일도 없을 테고."

"그건 그러네."

"그렇긴 뭐가 그래요. 농담으로 한 소리 가지고. 하긴, 뭐 가고 싶다고 무작정 갈 수 있는 것도 아니지만."

"그건 또 무슨 소리야?"

"오공녀가 내건 조건이 오성군의 누구와도 손이 닿지 않은 깨끗한 사람이어야 된다고 했어요. 사공녀의 안전을 고려한 조치인 것 같은데, 그러니 우리 같은 정체불명의 사람을 데려가기나 하겠어요."

"그것도 그러네."

"그럼요. 얼마나 천만다행한 일이에요. 이럴 때는 수상한 게 오히려 도움이 된다니까."

"그런데 그런 사정은 어떻게 알았어?"

"눈치가 빠르면 절에 가서도 고기를 먹는 법이죠."

자하부의 무사들에게 용케도 들키지 않고 밤마다 어딘가를 쏘다닌다 싶더니 저런 얘기들을 주워들었나 보다.

살극달은 피식 웃으며 주변을 돌아보았다.

노룡이 온 지 사흘이 지났건만 사람들은 아직도 노룡에 대한 이야기뿐이었다.

생각보다 늙었다는 둥 생각보다 무공이 약해 보인다는 둥 뇌력을 쓰는 사람이니 당연하다는 등의 얘기가 과거의 신비한 행적과 맞물려 끝도 없이 흘러나왔다.

그런 와자지껄함 속에서 세 사람은 계속해서 식사를 했다. 뚱보사내는 식판에 얼굴을 처박다시피 한 채로 돼지고기를 먹었다. 장자이는 반대로 왼손에 접시를 들고 고개를 빳빳이 든 채 삶은 소채를 한 젓가락씩 집어 먹었다. 그 와중에도 눈알을 뱅글뱅글 돌려 사방을 살폈다.

"노룡, 노룡, 온통 노룡 얘기뿐이네."

장자이가 말했다.

"노룡 때문에 모인 사람들이니까."

살극달이 말했다.

"하긴 그러니까 장원까지 내어줬죠."

"장원?"

"일공자가 연못이 딸린 소장원 하나를 노룡에게 내어준 모양이더라고요. 그곳에서 노룡은 일공자와 함께 자신의 얼굴을 보러 온 무림인들을 접견하고 있어요. 평소 일공자와 친분이 있던 남무림의 명숙들이 다녀갔고, 귀주의 크고 작은 상방의 방주들도 청와각의 귀빈실에 머물며 자신들의 차례를 기다리고 있죠. 급기야 오늘은 아예 연회의 형식을 빌려 한꺼번에 성대하게 접견할 모양이더라고요. 오성군과 삼뇌도 모두 초대하고. 물론 그들이 참석할지는 모르겠지만."

말인즉슨 일공자가 자하부의 주인 행세를 하고 있다는 것이다.

명분상으로 따져 보면 뇌정신군 사후 일공자인 그가 외부의 빈객들을 대접하는 것은 하등 이상할 게 없었다.

하지만 부주인 독고설란이 엄연히 존재하는 상황에서 그의 허락을 받지 않고 마음대로 일을 처리하는 건 분명한 월권이었다.

또한 자미원에 대한 공개적인 모욕이었다.

그런데도 자미원은 신음조차 내지 못하고 웅크려 있다.

이런 상황에서 누가 자미원을 따를 것인가.

노룡을 접견하고 돌아갔다는 무림의 명숙들도 마찬가지였다. 그들이 자하부를 방문하면서 부주가 거처하는 자미원이 아닌 금검장을 찾았다는 건 일공자를 지원하겠다는 암묵적인 의사 표시였다.

이 모든 건 노룡의 조언일 것이다.

하지만 살극달이 정말로 이상하게 생각하는 건 따로 있었다.

"연회를 사흘씩이나 열었다고?"

"세를 떨치려는 거죠."

과연 그럴까?

살극달은 아니라고 생각했다.

노룡이 자하부로 들어온 것은 이미 천하가 아는 사실, 굳이 사흘씩이나 연회를 열어가며 위세를 떨칠 이유가 없었다.

그건 오히려 노룡의 신비감만 훼손할 뿐이었다.

'싸움이 시작된 모양이군.'

"노룡이 자하부로 깃든 것에 대해 윗전에서는 아직도 아무 말이 없나 보지?"

살극달이 물었다.

장자이는 피식 웃으며 답했다.

"허락을 구할 생각도 없는 것 같지만, 설사 허락을 구한다 한들 삼뇌로서는 반대할 명분이 없죠. 천하의 모든 문파가 탐내는 노룡을 손에 넣었는데, 그런 노룡이 군사가 되어주겠다는데 무슨 명분으로 발목을 잡겠어요."

"삼뇌가 아니라 자미원 말이야."

"그럼 '윗전'이라는 곳이 자미원을 말하는 거였어요?"

"자미원 말고 더 높은 곳이 있나?"

"그건 그렇지만… 어쨌든 자미원으로서는 더 할 말이 없죠. 자미원은 지금 이름만 남은 껍데기에 불과해요. 숨죽이고 있어도 살려줄까 말까 한데, 감히 일공자의 행사를 방해하려 들면 명만 재촉하는 꼴이죠."

"씁쓸하군. 주인이 종의 눈치를 보다니."

"노룡이 등장했으니 우선 삼뇌와 치열한 머리싸움을 벌이겠죠. 그들이 어떻게 싸울지 벌써부터 기대가 돼요. 과연 누가 이길까요?"

"남의 일이라고 너무 함부로 말하는 거 아냐?"

"내가 붙인 싸움도 아닌데 미안할 건 또 뭐 있어요. 싸움 구경, 불구경 싫어하는 사람이 있음 나와보라고 하세요. 노룡을 구경하겠다고 온 사람들도 내심 은근히 그걸 기대하고 왔을 걸요."

장자이의 말처럼 싸움은 곧 시작될 것이다.

어쩌면 물밑에선 이미 시작되었는지도 모른다. 그럴 공산이 높았다. 하지만 그들 중 누구도 독고설란을 적으로 생각하는 사람은 없다. 독고설란은 차지해야 할 대상이지 싸워야 할 대상은 아닌 것이다. 하지만 그 반대의 급부도 있지 말란 법은 없었다.

"만약 사공녀가 오성군 모두를 제거하면?"

"말도 안 돼."

"그럴까?"

"당연하죠. 무서워서 꽁꽁 숨어 있는 여자 따위가 무슨 수로. 일공자보다 먼저 노룡을 손에 넣기라도 했다면 모를까."

장자이가 말끝에 이상한 소리를 덧붙였다.

살극달이 의아한 표정을 짓자 장자이는 이제야 수다를 떨 맛이 난다는 듯 잠시 주변을 둘러본 후 가일층 목소리를 죽여

짰다.

"제가 뭘 알아냈는지 궁금하지 않아요?"

"그래서 이렇게 귀를 쫑긋 세우고 있잖아."

"혈귀대주가 수하 삼십을 이끌고 혈사곡에서 몰살당했을 당시 그는 어디로 가고 있었게요?"

"빙빙 돌리지 말고 그냥 쏴."

"바로 노룡을 찾아 광동으로 향하는 중이었어요."

"……!"

살극달은 진심으로 놀랐다.

"아마도 사공녀는 어떤 경로를 통해 노룡이 은거한 장소에 대한 첩보를 입수한 모양이에요. 오성군이 패권을 노리는 상황에서 그들로부터 자신과 자하부를 지킬 수 있는 방법은 노룡을 손에 넣는 것밖엔 없다고 생각한 거죠. 사공녀는 그녀가 가장 신뢰하던 혈귀대주에게 그 임무를 주었어요. 그건 그야말로 도박이었을 거예요. 노룡은 살아 있는 전설인데 그런 사람을 모시면서 수하인 혈귀대주를 보낼 수밖에 없었으니. 아, 그때 그녀의 심정은 얼마나 절박했을까요?"

하원일의 심정은 또 얼마나 절박했을까?

이리 떼 틈에 주군을 홀로 놓아두고 그녀의 운명을 결정지을 행보를 하는 그의 심정 역시 사공녀 못지않았을 것이다.

두 사람은 할 수 있는 범위 내에서 최선의 선택을 했고, 최선을 다했다. 하지만 결과적으로 하원일은 죽었고, 노룡은 일공자 이천풍의 수중에 떨어졌다.

단순하게 생각했을 때 하원일을 죽인 흉수는 노룡이 사공녀의 수중에 떨어지는 걸 원치 않는 쪽이라고 볼 수도 있다. 그리고 중간에서 노룡을 가로챈 사람이라고 할 수도 있다. 하지만 그게 이천풍이라고 확신할 수는 없었다.

"나도 재밌는 얘기를 하나 해줄까?"

살극달이 말했다.

장자이가 별 기대는 않지만 한번 들어는 주겠다는 표정으로 살극달을 보았다.

"노룡을 수소문한 사람들이 일공자나 혈귀대만은 아니야."

"그게 무슨 말이에요?"

장자이가 뒤늦게 깜짝 놀란 표정을 지었다.

"이공자도 비슷한 시기에 광동으로 사람을 보낸 모양이더군. 이공자는 그만의 비선(秘線)을 동원했고, 일공자는 철기대를 보냈다는 것이 다르지."

"왜죠?"

"일공자는 노룡을 회유하기 위해서였고, 이공자는 노룡이 진짜인지를 확인하기 위해서였지."

"그래서요?"

"이공자가 보낸 비선의 고수들 역시 몰살을 당했어. 혈귀대처럼."

"그럼 그 모든 게 일공자의 짓이란 말인가요?"

"그럴 수도 있고 아닐 수도 있고."

"무슨 말이에요?"

"이공자의 비선과 일공자의 철기대가 싸웠을 수도 있고, 그게 아니면 제삼의 세력이 개입했을 수도 있고. 결과는 하나지만 가능성은 많지."

당최 무슨 말을 하는지 모르겠다는 듯 장자이가 고개를 갸우뚱거렸다. 그러다 뒤늦게 뜨악한 표정을 짓고는 물었다.

"그런 걸 다 어떻게 알았죠?"

"사람들이 얘기하는 걸 들었지."

"어디서요?"

"식당에서."

"그게 무슨……!"

"소문이란 단순한 억측에 불과한 것 같아도 여러 개가 하나로 모이면 의외로 정확한 결론이 도출될 때도 있지."

"말도 안 돼!"

장자이는 그야말로 입이 떡 벌어졌다.

자신이 밤마다 위험을 무릅쓰고 장원을 쏘다니며 겨우 얻은 정보를 살극달은 식당을 들락거리며 날로 주워 먹었다니.

장자이는 그동안 가졌던 가치관이 송두리째 흔들리며 자신의 방식에 갑자기 회의가 들기 시작했다. 회의는 곧장 살극달에 대한 호기심으로 바뀌었다.

'대체 뭘 하던 작자지?'

그때 줄곧 말없이 식사만 하고 있던 뚱보사내가 처음으로 입을 열었다.

"나도 재밌는 얘기 하나 해줄까?"

'이건 또 뭐야?'

장자이가 또 한 번 뜨악한 얼굴로 뚱보를 보았다.

뚱보는 여전히 접시에 얼굴을 박은 상태에서 천천히 입을 열었다.

"생전에 혈귀대주는 일공자나 이공자와 극도로 사이가 좋지 않았다더군. 밖으로 드러나진 않았지만 칼부림 직전까지 간 적도 여러 번이라던걸. 그 이유가 뭔지 아시오?"

"알 리가 없잖아요."

장자이가 신경질적으로 말했다.

"일공자와 이공자는 오랜 연적이었지. 두 사람은 동시에 한 사람을 좋아했소. 바로 독고설란. 하지만 독고설란은 어느 날 느닷없이 나타난 혈귀대주하고만 놀았지."

"놀아?"

"어울렸단 얘기요. 아니면 연애질을 했든지. 어쨌든 십 년 넘게 공들인 일공자와 이공자의 입장에선 죽 쒀서 개 준 꼴이라고나 할까."

"아……."

장자이가 나직한 탄성을 쏟아냈다.

단순한 가주 쟁탈전인 줄 알았는데 그런 속사정이 숨어 있을 줄이야. 이렇게 되면 연적이었던 일공자와 이공자가 이제는 자하부의 패권을 놓고 싸우는 셈이었다.

그건 우연이 아닐 것이다.

오래전부터 누적되어 온 경쟁심과 시기심, 그리고 야망이 급기야 서로를 향해 칼을 겨누는 지경까지 이르게 만든 것이 분명했다.

그러다 문득 장자이는 뭔가 이상해졌다.

"당신은 그걸 어떻게 알았죠?"

장자이는 밤마다 야행을 나가고, 살극달은 낮에 식당에서 사람들이 수군대는 얘기를 들었다지만, 뚱보는 밤낮으로 객방에서 잠만 잤다.

적어도 장자이가 볼 땐 그랬다.

그런 사람이 이런 내밀한 속사정을 어떻게 알 수 있단 말인가. 남녀의 일이란 지극히 은밀하게 마련이어서 뚱보 사내의 얘기는 그 경중과 상관없이 가장 캐내기 어려운 정보에 속했다.

"꿈에서 사람들이 수군대는 걸 들었지."

"뭐야? 지금 장난쳐!"

기껏 한 얘기가 꿈 얘기였다니.

장자이는 얼굴이 시뻘게졌지만 살극달은 그렇지 않았다. 뚱보가 거짓말을 하고 있지 않다는 걸 알기 때문이었다.

그것과는 별도로 살극달은 깊은 상념에 빠졌다. 앞의 두 사람과 이야기를 하면서 그는 생각보다 많은 것을 알아냈다.

첫 번째는 하원일이 노룡을 찾아 남만으로 향하던 중이었다는 것이고, 두 번째는 녀석에게 좋아하는 여자가 있었다는 것이다. 세 번째는 이것이 단순한 패권 쟁탈전을 넘어 개인적인 원한과도 관련이 있다는 것이다.

"내가 재밌는 얘기 하나 더 해줄까?"

살극달이 분위기를 환기하며 말했다.

"또 뭐예요?"

장자이가 이제는 질렸다는 듯 말했다.

"만약에 지금 금검장에 있는 노룡이 가짜라면 어떻게 될까?"

"……!"

"……!"

"무슨 그런 말도 안 되는!"

장자이는 일단 한마디를 내뱉어놓은 후 살극달의 얼토당토않은 이야기에 대한 반박을 시작했다.

"노룡이 제아무리 묘족을 이끌고 남만의 밀림에서만 싸웠다고 해도 그의 얼굴을 목격한 이가 적지 않아요. 아무렴 그들 모두가 죽지 않은 바에야 속임수를 쓸까."

"그때 사람들이 본 노룡이 가짜일 수도 있잖아."

"그건 또 무슨 밑도 끝도 없는 말이에요?"

"이를테면 진짜 노룡은 따로 있고, 그의 조종을 받는 가짜가 사람들 앞에 섰을 수도 있다는 거지."

"그건……."

장자이는 한순간 말문이 막혔다.

사실 일공자 이천풍이 광동의 바닷가에서 노룡을 발견해 데려온다고 했을 때 강호인들 사이에서는 가짜가 아니냐는 말들이 나돌았다.

강호엔 닮은 사람도 많고 역용의 대가도 많으니 비슷한 사람 하나 만드는 것쯤은 식은 죽 먹기였다.

그러나 그런 말들은 곧 단 한 가지 사실에 의해 묵살되었다. 과연 이공자나 삼공자가 가짜를 알아보지 못할 만큼 허술하냐는 것이다.

당연히 그렇지 않았다.

일공자가 노룡을 데려오면 이공자나 삼공자 쪽에서 무슨 방법을 동원해서라도 진위를 엄중하게 판단할 것이고, 그들이 아무 말 없이 넘어간다면 진짜인 것이다.

그전에 그런 과정을 거쳐야 한다는 걸 너무나 잘 아는 일공자가 가짜를 데려올 리 없다. 만에 하나 가짜를 데려왔다가 들통이 났을 때 역풍을 감당할 수 없기 때문이다.

그러니 노룡은 애초부터 가짜일 리가 없었다.

장자이가 놀란 것은 그처럼 무수한 말들이 오가는 와중에도 십 년 전 사람들이 본 남만의 노룡이 가짜일지도 모른다는 것에 생각이 미친 사람은 단 한 명도 없었다는 것이다.

듣고 보니 과연 그럴 수도 있지 않은가.

말문이 막힌 장자이는 한동안 우물쭈물하다가 한 가지 생각이 번쩍 떠올랐다.

그녀가 버럭 소리를 질렀다.

"노룡이 대체 무슨 이유로 가짜를 내세웠겠어요?"

"아니면 말고."

살극달은 만두를 쪼개 반쪽을 입에 넣어 오물오물 씹었다.

장자이는 저도 모르게 입술을 파르르 떨었다.

세상에서 가장 난감한 경우가 논쟁을 벌이다 말고 '아니면 말고'라고 말하는 것이다. 굳이 일공자의 편을 들자고 시작한 일이 아니었는데도 장자이는 얼굴이 시뻘게졌다.

이상하게 살극달과 대화를 하면 항상 이런 식으로 끝이 났다. 처음엔 분명 주도권을 쥐고 있었는데 끝 무렵이면 얼토당토않은 이유로 그녀만 콧김을 내뿜게 되는 것이다. 마치 오래 묵은 여우와 대화하는 느낌이라고 할까?

'말을 말자.'

장자이는 고개를 옆으로 꺾으며 뚱보사내에게 말했다.

"이렇게 만난 것도 인연인데 인사나 하죠. 난 장자이예요."

"매상옥이오."

"매상옥? 그쪽은 좀 사람 이름 같네. 이쪽은 글쎄 이름이 살극달이래요."

"알고 있소."

"알아? 어떻게?"

"들었소."

"언제?"

"당신들이 이야기할 때."

"자고 있었던 거 아니었어?"

"자면서도 다 듣소."

"……!"

장자이는 그야말로 어리둥절할 수밖에 없었다. 콧구멍이 터지도록 코를 골아대면서도 주변 사람들이 하는 얘기를 들을 수 있다는 게 선뜻 이해가 가지 않았다.

"하나는 늙은 요괴에 하나는 몽유병 귀신이라……. 미치겠군."

장자이가 고개를 절레절레 흔들더니 소채를 질겅질겅 씹었다. 그러다 말을 말자던 조금 전의 결심도 잊고 다시 살극달에게 물었다.

"거기는 뭘 하던 사람이에요?"

"이것저것."

"대답하기 싫어요?"

"정말 이것저것이라서 그래."

"뭘 했기에요?"

"너무 많아서 이루 다 말을 할 수가 없어."

"그래도 제일 먼저 생각나는 게 있을 거 아니에요."

"십 년 전쯤부터는 대장장이 일을 했지."

겨우 대장장이였다고?

장자이는 기가 막혔다.

"뭘 만들었죠?"

"처음엔 광부들이 쓰는 채광용 곡괭이를 만들었지. 그러다 광부들이 떠난 다음엔 인근 화전민들을 상대로 호미, 낫, 괭이 따위의 농기구들을 만들었지."

"도검을 만드는 장인이 아니라 진짜 대장장이였다고요?"

"내가 살던 곳에는 칼을 쓸 일이 없었어. 이따금 묘강의 이민족들이 나무 치기용 칼을 부탁해 오긴 했지만."

"지금 허리에 차고 있는 그거 말이군요?"

"그런 셈이지."

"그다음엔 뭘 했어요?"

장자이는 살극달의 과거에서 무림과 연관된 흔적을 찾고 싶었다. 그래야 살극달의 내력을 짐작할 수 있기 때문이었다.

분명 뭔가 있는 것 같은데, 도무지 알 수 없는 그의 괴이한 분위기가 그녀의 호기심을 붙잡고 놓아주질 않았다.

"돼지를 키웠지."

"말도 안 돼. 돼지치기라니……."

장자이는 고개를 절레절레 흔들었다.

대장장이 출신의 돼지치기가 자하부의 무관을 통과해 무사가 되었다니. 결과적으로 아무짝에도 쓸모없는 존재가 되긴 했지만, 그렇다고 해도 정말 어이없는 일이었다.

"그전엔 뭘 했어요? 돼지치기가 되기 전에. 대장장이가 되기 전에."

살극달의 최근 행적에서 내력을 짐작할 수 없자 장자이는 과거를 거슬러 올라갔다.

"복자(卜者) 노릇을 했지."

"복자? 점을 쳤단 말이에요?"

"우리 업계에선 천기를 살핀다고 하지."

"어쨌든 점을 쳤다는 얘기잖아요."

대장장이에 돼지치기에 복자까지.

장자이는 별 희한한 인간을 다 본다는 듯한 표정을 짓다가 돌연 미소를 띠며 물었다.

"돼지치기 출신의 복자는 신통력이 얼마나 대단한지 궁금하네요. 난 뭘 했을 것 같아요?"

복자였다는 말에 장자이는 슬쩍 장난기가 동한 것이다. 살극달은 만두를 쪼개 반쪽을 입안에 넣어 오물오물 씹으며 말했다.

"도둑."

"……!"

장자이는 소채를 먹다 말고 사색이 되었다.

"밥 먹을 때도 쉬지 않고 눈알을 굴리는 부류는 둘 중의 하나지. 누군가에게 쫓기는 중이거나 아니면 도둑이거나. 산동 일대에 예쁘장한 신투(神偸) 하나가 출몰한다더니 그쪽인 모양이군."

매상옥이 한 말이다.

장자이가 인상을 쓰며 매상옥을 바라보았다.

그는 여전히 식판에 얼굴을 박고 게걸스럽게 음식을 먹어 치우고 있었다.

장자이가 혼자만 당할 수 없다고 생각했는지, 아니면 다시 한 번 살극달의 신통력을 시험하고 싶었는지 이번엔 턱으로 매상옥을 가리키며 물었다.

"저이는 뭘 했을 것 같아요?"

"살수."

"…….!"

매상옥이 돼지고기를 먹다 말고 고개를 치켜들었다. 식사 시간 내내 처음으로 얼굴을 든 것이다. 그는 입안에 돼지고기 한 점을 반쯤 문 상태로 얼어붙어 버렸다.

"어, 맞는 모양이네?"

장자이가 다시 살극달을 보며 물었다.

"어떻게 알았죠?"

"천기를 살펴보니……."

"장난 말고요!"

장자이가 버럭 소리를 질렀다.

살극달은 빙그레 웃고는 답했다.

"몽도술(夢道術)을 익히는 부류는 살수밖에 없지."

몽도술은 잠을 자는 동안 혼백이 육체를 이탈해 주변을 돌아다닌다는 일종의 방술이었다.

이백여 년 전 여산법문(廬山法問)의 술자가 딱 한 번 시연해 세상에 알려졌지만, 워낙 황당무계한 술법인지라 조용히 잊혔다.

그러다 백여 년 전부터 어느 살문(殺門)의 살수들이 바로 그 몽도술을 펼치기 시작했다. 물론 세상에 알려진 바 없었다. 몽도술을 기억하는 사람 자체가 거의 없었다.

살극달의 한마디는 매상옥이 살수라는 것을 넘어 그가 속한 살문까지 정확히 예측한 것이었다.

반면, 장자이는 몽도술이라는 술법 자체가 생소하기 때문에 어리둥절할 수밖에 없었다.

매상옥의 얼굴에선 핏기가 사라졌다.

지금까지의 굼뜨고 둔해 보이던 분위기는 온데간데없고 사납게 이글거리는 야수가 그곳에 앉아 있었다.

"눈썰미가 좋소."

매상옥이 말했다.

비수의 날처럼 차갑고 날카로운 목소리였다.
"오래 살다 보니."
살극달이 대수롭지 않게 말했다.
분위기가 묘하게 돌아가고 있었다.
다들 그저 그런 솜씨를 지닌 삼류무사인 줄 알았는데 백호당의 수작을 눈치채고 일부러 실력을 숨겨 합격한 것이다.
특히 장자이와 매상옥은 난감하기 이를 데 없었다. 별 의미 없는 대화 몇 번에 자신들은 정체를 완전히 간파당했다.
자하부에 신투와 살수가 잠입했다.
생각이 있는 사람이라면 당연히 무언가를 훔치고, 누군가를 죽이러 왔다고 생각할 수밖에 없다. 반면 살극달에 대해서는 아무것도 밝혀진 것이 없었다.
"이런, 하나밖에 안 남았네."
살극달은 태연하게 마지막 만두를 집어 먹었다.
장자이와 매상옥은 그야말로 어리둥절한 얼굴이 되어 이러지도 저러지도 못한 채 서로 눈치만 보았다.
그때 장자이가 표정을 풀며 말했다.
"얼굴은 거울로 비추고 마음은 술로 비추라고 했죠. 이렇게 만난 것도 인연인데 다들 한잔 어때요?"
"그럴까?"
살극달이 말했다.
장자이가 두 손을 살극달 앞으로 내밀었다.

살극달이 의아한 얼굴로 장자이를 보았다.

"돈을 줘야죠. 설마 나더러 사란 말이에요?"

"아, 그렇지."

살극달이 주섬주섬 품속을 뒤져 철전 스무 냥을 내놓았다.

동귀루나 서학루와는 달리 남록루 사람들에겐 음식만 무상으로 제공될 뿐 술은 돈을 받았다.

한데 술장사로 떼돈이라도 벌려는지 그 술값이 엄청나게 비쌌다. 철전 스무 냥으론 탁주 한 사발도 살 수 없었다.

장자이가 이번엔 매상옥을 바라보았다.

매상옥은 철전 열 냥을 내놓았다.

"남자들이 쪼잔해 가지고는."

장자이가 혀를 끌끌 차더니 벌떡 일어나 어디론가 사라졌다. 잠시 후 다시 나타난 그녀의 양손엔 황갈색 호리병 세 개가 들려 있었다.

"잔도 없고 해서 머릿수에 맞춰 가져왔어요."

그 순간 동귀루의 어느 탁자에서 술이 없어졌다고 하는 소리가 들려왔다. 살극달과 매상옥이 약속이나 한 듯 장자이를 바라보았다.

"문제 있어요?"

장자이가 물었다.

"그럴 리가. 난 먹는 것에 관한 한 출처를 따지는 사람이 아니야."

살극달은 주저없이 술병을 집어 들고 꺾었다.

불도 붙을 정도의 독한 화주가 목구멍을 지지고 넘어갔다. 술기운이 찌뿌드드한 몸 구석구석으로 퍼지면서 활기가 솟았다.

"높은 사람들이 마시는 술이라 그런지 좋군."

"이래서 밥은 거칠게 먹어도 술은 좋은 걸 마셔야 하는 거예요. 안 그래요?"

"백번 지당한 말씀."

장자이와 살극달은 죽이 척척 맞았다.

화기애애한 분위기 속에 세 사람은 밤이 늦도록 술을 마셨다. 술이 떨어질 때마다 장자이는 신묘한 재주를 발휘해 종류별로 구해왔고, 또 그때마다 세 사람은 주량을 겨루기라도 하듯 술을 마셨다.

그러다 결국 매상옥이 떨어져 나갔다.

그는 흐느적거리는 몸을 이끌고 객방으로 돌아갔다. 남은 장자이와 살극달은 다시 술을 마셨고, 자정이 가까워졌을 무렵 살극달이 두 번째로 손을 들었다.

"졌다. 도저히 못 당하겠다."

"뭐야, 주량이 고작 그 정도밖에 안 돼요?"

"배가 불러서 그래."

"물론 그러시겠지."

"난 그만 가야겠는데……."
"남자들이 약해 빠져가지고."
장자이가 손등으로 바람을 휘저었다.
먼저 가라는 소리였다.

第八章
속고 속이다

야심한 시각의 흑림.

죽립을 깊게 눌러쓴 한 사람이 홀로 산책을 하고 있었다. 한가롭게 걷던 죽립인의 눈앞이 흐려지는가 싶더니 시커먼 인영들이 나타났다.

복면으로 얼굴을 가리고 흑의 경장으로 어둠과 동화된 그들의 숫자는 모두 열. 복면에 뚫린 구멍 사이로 보이는 눈동자엔 귀광이 서려 있었다.

그중 한 사람이 앞으로 나섰다.

"귀하가 우리를 불렀소?"

"그건 당신들이 누구냐에 달렸지."

복면인은 잠시 안광을 빛내더니 천천히 입을 열었다.
"귀루(鬼樓)에서 왔소."
남무림 최강의 살수 집단이다.

본거지가 어딘지도 모르고, 살수가 몇 명인지도 모르고, 루주가 누구인지도 모른다. 하지만 그 실력만은 이미 정평이 나 남무림인치고 그들을 두려워하지 않는 이가 없었다.

천하제일의 고수는 아니지만 천하의 누구도 죽일 수 있는 사람들이 바로 귀루의 살수들이었다.

"그렇다면 내가 부른 게 맞군."
"귀루의 살수를 열 명이나 고용한 사람은 당신이 처음이오. 목표물을 말하지 않고 선금 백만 냥을 보낸 사람도 당신이 처음이지."
"그만큼 위험하고 어려운 대상이지."
"목표물은 누구요?"
"자하부의 사공녀."
"……!"

복면인의 눈동자가 미세하게 흔들렸다.

그는 살다 살다 이런 청부는 처음 받아보았다.

처음 청부를 받은 것은 조강(早江)의 사공을 통해서였다. 청부자와 귀루를 연결해 주는 중간책이었던 사공은 무려 백만 냥이라는 거금을 들고 와 모월 모시에 자하부에서 멀지 않은 흑림으로 오라는 사람이 있다고 했다.

한데 조건이 있었다.

청부의 대상은 그전까지 비밀이며, 최고의 살수 십 인을 데려가야 한다는 것이었다.

"어떤가? 청부를 받을 텐가?"

"기한은?"

"오늘 밤."

"그건 불가능하오."

"이백만 냥은 적은 돈이 아니지."

죽립인이 말과 함께 손을 쭉 뻗었다. 한줄기 미풍과 함께 얇은 종잇장이 그의 손을 떠나 살아 있는 생물처럼 복면인에게로 날아갔다. 복면인이 종이를 낚아채 펼쳐 보았다.

잠시 후, 고개를 든 복면인이 죽립인을 뚫어지게 바라보았다. 목표를 정하고 실행을 하는 것은 길 가다가 사람 하나 죽이는 것처럼 간단한 일이 아니다.

그 대상이 귀한 신분이라면 더욱 그렇다. 목표물의 위치를 확인해야 하고, 주변의 지형지물, 수신호위들의 숫자와 호위하는 방식, 그리고 도주로까지 몇날 며칠을 정탐한 다음 완벽하게 설계해야 한다.

그럼에도 불구하고 이번 일은 가능했다.

죽립인이 준 지도는 나무 하나, 바위 하나까지 세밀하게 그려져 있었다. 결정적으로 자미원을 지키고 있는 자들의 무공 수준과 번을 도는 시간까지 정확하게 적혀 있었다.

이윽고 결심을 굳힌 복면인이 말했다.
"오늘 밤, 자미원의 계집은 이 세상 사람이 아닐 것이오."

*   *   *

살극달이 객방으로 돌아왔을 때 매상옥은 낫 두 자루를 배 밑에 깐 채 기절하듯 엎어져 있었다.

코를 드렁드렁 골아대는 걸로 보아 죽지는 않은 게 분명한데, 쓰러진 모습을 보면 영락없는 시체였다.

살극달은 나중에 들어올 장자이를 위해 호롱불을 밝힌 다음, 매상옥의 배 밑에서 낫을 빼 그의 침상 밑에 넣어두었다.

그리고 그 자신도 창가 쪽 침상에 몸을 뉘었다.

긴장이 풀려서 그런지 취기가 정수리까지 올라왔다. 알딸딸하게 취한 상태에서 그는 상념에 잠겼다.

'원일에게 여자가 있었다고?'

기분이 묘했다.

살극달이 처음 남만의 광산촌으로 들어갔을 때 하원일의 나이 열넷이었다. 아이라 하기엔 너무 크고 어른이라 하기엔 조금 작은, 이제 막 시컴시컴해진 코밑으로 바깥세상을 동경하던 녀석이었다.

그런 녀석이 어느새 어엿한 무인이 되어 휘하에 수하들을 거느리고 좋아하는 여자까지 생겼단다.

"극달 형, 어떻게 하면 강해질 수 있죠?"

"내 이름은 극달이 아니라니까."

"알아요. 그걸 언제 다 부르고 있어요."

"그래도 극달은 좀……."

"어쨌든요. 강해지려면 어떻게 하면 되죠?"

"난 대장장이야. 대장장이한테 그런 걸 물어보면 안 되지."

"극달 형은 바깥세상에서 왔으니 강한 사람들을 많이 봤을 거 아니에요."

"왜 강해지고 싶니?"

"사랑하는 사람들을 지키기 위해서죠."

"사랑하는 사람들 누구?"

"아버지도 있고, 형들도 있고, 그리고 또 나중엔 저만의 가족이 생길 거고……."

살극달은 하원일을 물끄러미 바라보았다.

강해지는 건 끝이 없다.

한 사람을 꺾으면 더 강한 사람이 나타나고, 더 강한 사람을 꺾고 나면 또 그보다 더 강한 사람이 나타난다.

정말 사랑하는 사람들을 지켜주고 싶다면 지금처럼 한적한 곳에서 조용히 살아야 한다. 세상 모든 시비로부터 멀리 떨어져 있어야 한다.

하지만 살극달은 하원일에게 그렇게 말하지 못했다. 남만의 벽촌에 가둬두기엔 녀석은 너무나 젊고 건강했다.
"네가 본 사람 중 가장 강한 사람은 누구였니?"
"광산촌의 감독관들이요. 특히 양일로라는 노인은 손가락 다섯 개로 송판에 구멍을 뚫더라고요. 바깥세상엔 그런 고수가 구름처럼 많겠죠?"
"비법을 가르쳐 주랴?"
"바로 그거예요, 제가 아까부터 물었던 게."
"엄지로 물구나무를 서고, 검지로 나무를 타라. 중지로 물동이를 들고, 약지와 소지로 도끼질을 해라. 그렇게 오 년이면 바위도 뚫을 거다."

살극달은 어느새 깊은 잠에 빠져들었다.
그때 맞은편 침상에서 커다란 그림자가 몸을 일으켰다.
매상옥이었다.
한 점의 기척도 없이 유령처럼 미끄러져 침상을 내려온 매상옥은 극도의 느린 동작으로 살극달을 향해 다가갔다.
그리고 모든 기감을 끌어올려 살극달을 살폈다.
안정된 숨소리, 반쯤 벌어진 눈까풀 사이로 게슴츠레 풀어진 눈동자, 틀림없이 술에 취해 잠든 사람의 모습이었다.
매상옥은 다시 원래의 위치로 돌아와 침상 밑을 더듬었다. 그의 성명병기 노뢰쌍겸(怒雷双鎌)을 찾기 위해서였다.

하지만 어쩐 일인지 쌍겸은 손에 잡히지 않았다.

'이 미친 새끼가 어디다 놓아둔 거야?'

모서리를 잡고 한참을 더듬던 매상옥의 손끝에 딱딱한 물체가 걸렸다. 익숙한 촉감으로 보아 그의 쌍겸이 틀림없었다.

그 순간, 매상옥은 무언가 이게 아니라는 생각이 들었다. 애초 그가 쌍겸을 배 밑에 깔고 잔 것은 일어남과 동시에 출수하기 위해서였다.

한데 놈이 친절을 베푼답시고 그걸 빼서 침상 밑에 놓아두었다. 평소 그가 쌍겸을 침상 밑에 넣어두었던 습관을 생각하면 전혀 이상할 게 없었다.

하지만 과연 그럴까?

'너무 깊이 놓아두었어!'

그 순간, 익숙한 목소리가 등 뒤에서 들려왔다.

"왜, 내 목이라도 자르게?"

매상옥은 쌍겸을 쥐지도 못하고 천천히 일어나 뒤돌아섰다. 호롱불 아래에 살극달이 유령처럼 서서 자신을 노려보고 있었다.

놈은 처음부터 잠을 자지 않았던 것이다.

"눈치가 빠르군."

"저잣거리 왈짜들도 싸우기 전에 어깨부터 견주어보는 법인데, 함께 술까지 마신 사이끼리 너무하지 않아?"

"내가 널 죽일 거라는 걸 어떻게 알았지?"

"그 눈을 보고 어떻게 몰라?"

"놀라운 관찰력이긴 한데……."

매상옥이 말을 하는 도중 갑자기 호롱을 집어 살극달에게 던졌다. 막강한 힘이 실린 호롱불이 살극달의 얼굴을 향해 날아왔다.

살극달이 팔뚝으로 호롱을 쳐내는 사이 매상옥은 돌풍처럼 신형을 돌려 자신의 침상 끝을 번쩍 들어 올렸다.

육중한 침상이 종잇장처럼 뒤집히며 솟구쳤다.

우당탕 소리와 함께 침상 아래에 있던 쌍겸 두 자루가 모습을 드러냈다.

거대한 체구의 매상옥은 도저히 그럴 수 없을 것 같은 움직임으로 쌍겸을 집는 것과 동시에 후방을 향해 힘차게 휘둘렀다.

두 자루 낫을 엇질러 가위처럼 휘두르는 이 수법의 이름은 전정교(剪頂喬). 그 궤적 안에 목이 걸리는 순간 모든 게 끝난다.

쒜애액! 쒜애액!

빨랐다.

그야말로 한줄기 섬광과도 같았고, 매상옥은 그 궤적의 중동에 살극달의 목이 걸려들 것을 추호도 의심하지 않았다.

그러나 다음 순간, 살극달의 신형은 거짓말처럼 사라져 버렸다. 섬광이 번뜩이는 순간에 아지랑이처럼 흐릿해진다 싶더니 호롱불이 꺼지듯 순식간에 사라져 버린 것이다.

매상옥은 그 광경을 눈을 빤히 뜨고 지켜보았으면서도 도무지 뭐가 어떻게 된 건지 알지 못했다.

매상옥의 얼굴이 와락 구겨졌다.

동시에 그는 항문과 양물 사이의 회음혈(會陰穴)이 서늘해지는 것을 느꼈다. 불길한 예감에 재빨리 고개를 숙여보니 한 자 반 길이의 비수가 가랑이 사이로 들어와 있었다.

비수를 쥔 손을 따라 고개를 돌리자 어느새 후방을 점한 살극달이 웃고 서 있었다.

'언제……!'

매상옥은 그야말로 하얗게 질릴 수밖에 없었다. 방금 살극달이 보인 것은 자신이 펼치는 환영술과는 궤를 달리하는, 이형환위라는 절세의 신법이었다. 눈앞의 이 추레한 몰골의 사내가 어찌 그런 고명한 신법을 펼칠 수 있는지 도무지 납득이 가지 않았다.

"신중하게 행동해. 죽을 때 죽더라도 씨는 한번 뿌려보고 죽어야지 않겠어?"

살극달이 칼끝으로 매상옥의 불알을 툭툭 건드리며 말했다. 매상옥은 등이 축축해지는 것 같았다.

살극달이 재우쳐 물었다.

"왜 나를 죽이려는 거지?"

"몰라야 할 것을 알았으니까."

"살수라는 게 그렇게 중요한 비밀인가?"

"너라면 안 그렇겠어?"

살극달은 매상옥의 가랑이 사이에 비수를 바짝 들이대며 말을 이었다.

"누구를 노리고 침투한 거지?"

"미안하지만 그건 저승에 가서 알아봐라."

말과 함께 매상옥의 몸이 뿌연 잔상으로 흐릿해졌다. 살극달은 재빨리 비수를 그어 올렸지만 허공만 헛되이 베었다. 앞서 살극달이 그랬던 것처럼 매상옥의 신형 역시 안개로 흩어져 버렸다.

문제는 그다음이었다. 살극달은 이형환위의 신법으로 공간을 순간 이동했다면 매상옥은 아예 형체 자체가 사라져 버렸다.

'환술(幻術)!'

주위의 경물에 자신의 환영을 덧씌워 형체를 감추는 살수들의 무공이었다.

살극달은 내공을 끌어올리고 주변을 살폈다.

방 안이라고 해봐야 겨우 열 평 남짓한 공간. 그 육중한 체구를 숨기는 데는 한계가 있었다. 매상옥 역시 그걸 알기에 시간을 오래 끌지 않을 것이다. 요는 공격의 징후를 보이기 전에 먼저 놈의 위치를 파악하는 것이다.

어느 순간 살극달의 정수리 위로 모골이 송연한 냉기가 쏟아졌다. 살극달은 재빨리 상체를 꺾으며 예리한 날을 번뜩이는 첫 번째 겸을 흘려보냈다.

매상옥도 만만치 않았다.

그는 연이어 떨어뜨린 두 번째 겸으로 살극달의 손에 들린 비수를 후려쳤다.

따앙!

귀청을 찢는 금속성과 함께 살극달의 손을 떠난 비수가 허공을 날아 벽면에 박혔다. 그와 동시에 매상옥은 육중한 신형을 살극달에게 부딪쳐 갔다.

쿵!

매상옥은 살극달을 끝까지 밀어붙인 다음 거구를 이용해 벽에 발라 버렸다. 그대로 압사시켜 버릴 작정이었다.

하지만 찰나의 순간, 몽둥이로 후려친 것 같은 충격이 매상옥의 가랑이 사이를 파고들었다. 서른 몇 해를 살아오는 동안 한 번도 느껴보지 못한 극강의 고통이 등골을 타고 솟구쳤다.

매상옥은 입이 떡 벌어졌다.

"우웁!"

매상옥의 하체가 허물어지는 것을 느낀 살극달은 등으로 벽을 짧게 치는 격벽(隔壁)의 수법을 발휘, 탄력을 이용해 매상옥과의 거리를 벌렸다.

동시에 벽체를 타고 오르는 한편, 매상옥의 목을 감아 그대로 한 바퀴를 돌아버렸다.

이백 근에 육박하는 거구의 매상옥이 허공에서 반원을 그린 후 바닥에 떨어졌다.

쿠웅!

묵직한 충격파가 청와각을 뒤흔들었다.

하지만 공격은 아직 끝나지 않았다.

번개처럼 일어난 살극달은 엎어진 매상옥의 좌측 어깨를 찍어 밟으며 팔을 비트는 동시에 겸을 떨쳐 냈다.

우두둑!

"계속 저항한다면 뽑아버릴 거야."

살극달이 무섭게 경고했다.

"팔 하나를 내어주고 목을 취하면 그것도 남는 장사지!"

매상옥이 발작적으로 몸을 뒤집더니 두 발로 살극달의 목을 감아 번개처럼 넘어뜨렸다.

살극달은 뒤로 넘어지는 순간 매상옥의 가랑이 사이로 한 발을 넣어 축을 삼았다. 동시에 매상옥의 발목을 잡아 기묘한 각도로 비트는 동작으로 간단하게 일어서 버렸다.

상황은 잠깐 사이에 두 번이나 바뀌어 매상옥은 또다시 살극달의 제압 아래에 놓였다.

한데, 이 뚱뚱한 괴물은 고통 따위는 아랑곳없다는 듯 갑판 위에 올라온 생선처럼 팔딱팔딱 뛰며 저항했다.

"이제 그만하자."

살극달이 말했다.

"범에게 물린 사슴도 죽기 직전까진 발악을 하는 법이다."
"너 그러다 진짜 죽어."
"죽일 테면 죽여라. 평생을 죽음과 벗하며 살아온 나다."
"하아, 이거 독한 놈이네."
매상옥이 온몸을 비틀며 저항하는 바람에 바닥이 계속해서 쿵쿵 울렸다. 그때 창문이 발칵 열리며 낯익은 목소리가 들려왔다.
"이것들이 아직도 안 죽었네?"
살극달과 매상옥은 엉거주춤하게 엉겨 붙은 상황에서 소리가 들려온 곳으로 시선을 주었다. 장자이가 창가에 거꾸로 매달린 채 방 안을 훔쳐보고 있었다.
장자이의 괴이한 등장에, 그리고 더욱 괴이한 한마디에 살극달과 매상옥은 그대로 얼어붙어 버렸다.
"그게 무슨 말이야?"
살극달이 물었다.
"뭐긴 뭐야. 술에 독을 탔다는 얘기지."
살극달과 매상옥은 누가 먼저랄 것도 없이 후다닥 떨어져 운기를 했다.
아무런 징후가 없던 기운이 단전을 휘돌아 중완혈(中脘穴)을 타고 오르는 순간 미세한 이질감이 느껴졌다.
분명 중독의 증상이긴 한데, 죽음을 운운할 정도의 맹독이라고 하기엔 뭔가 이상했다.

살극달이 물었다.

"이 정도로 죽을 것 같진 않은데?"

"잠을 자야 죽지."

잠시 침묵이 흘렀다.

잠을 자야 죽는다는 장자이의 한마디에서 무언가를 유추하기 위함이었다. 그러다 살극달과 매상옥의 입에서 동시에 일성이 터졌다.

"몽혼산!"

"몽혼산!"

사람이 잠을 자게 되면 인체의 모든 장기가 기능을 멈춘다. 그때 정체를 알 수 없는 미지의 물질이 분비되는데 술자들은 이 물질을 몽유(夢乳)라고 부른다.

몽혼산(夢魂散)은 바로 그 몽유와 반응해 쥐도 새도 모르게 사람을 죽여 버리는 맹독이었다. 중독자는 잠을 자는 동안에 영문도 모른 채 뻣뻣한 통나무가 되어버리는 것이다.

물론 잠을 안 자면 된다.

하지만 사람이 잠을 안 자고 살 수 있을까?

조금 전만 해도 죽일 듯이 싸웠던 살극달과 매상옥이 은밀한 시선을 나누었다.

'저 여자부터 잡자.'

'두말하면 잔소리.'

두 사람의 의도를 눈치챈 장자이가 한 손가락을 좌우로 까딱까딱 흔들며 말했다.

"너희 둘이 합공하면 나를 이길 수는 있겠지. 하지만 내가 작심을 하고 도망가면 절대 잡을 수 없을걸."

"내가 살수라는 걸 잊었나 보군. 난 한 번 점찍은 상대를 놓친 적이 없다. 하루 이틀은 도망갈 수 있어도 한 달 두 달은 도망갈 수 없을 거다."

"한 달 동안 잠을 안 자고 버틸 수는 있고?"

매상옥은 갑자기 말문이 턱 막혔다.

과연 그렇지 않은가. 사람이 잠을 자지 않으면 버틸 수 없는데 그녀를 두 달이나 추격했다간 잡기도 전에 독이 발작해 죽을 판이다.

"이 개 같은 년!"

부아가 치민 매상옥이 걸쭉한 욕설과 함께 저만치 떨어진 그의 쌍겸을 잡아갔다. 창가에 거꾸로 매달려 있던 장자이가 한 바퀴를 빙글 돌아서 창틀에 앉으며 말했다.

"돼지 같은 놈이 생각도 돼지같이 하는군. 다 같이 죽고 싶어?"

"무슨 개소리야?"

"네놈들이 개싸움을 벌인 탓에 지금 호원무사들이 달려오고 있다고."

그녀의 말처럼 회랑을 따라 달려오는 발걸음 소리가 들렸다. 소리는 점점 커지고 있었다.

살극달이 말했다.

"일단 나가자."

말과 함께 살극달이 창밖으로 몸을 던졌다.

그보다 먼저 자신을 공격하는 줄 알았던 장자이가 움찔 놀라며 창문에서 떨어졌다. 뒤를 이어 매상옥이 창밖으로 날았다.

    *   *   *

매상옥과 장자이가 살극달을 추격해 간 곳은 오지산 중턱 계곡을 연한 수림이었다. 살극달은 시원하게 내리꽂는 폭포수가 주변의 모든 소리를 삼켜 버리는 그곳 바위 위에 앉아 두 사람을 기다리고 있었다.

"여긴 어디지?"

장자이가 사방을 살피며 물었다.

밤이었지만 만월이 뜬 탓에 주변 경물을 구분하기는 그리 어렵지 않았다. 달빛 아래 어슴푸레하게 드러난 숲의 지세가 장자이에겐 예사롭지 않게 보였다.

"자미원. 귀신이라도 사는지 다들 얼씬도 않더군."

"이런 곳은 또 어떻게 알았대?"

"사흘이나 있었잖아. 나도 좀 돌아다녀 봤지."

"딱 좋네. 멍청한 사내자식 두 명쯤은 죽여도 쥐도 새도 모르겠어."

장자이가 사방을 둘러보며 말했다.

"찢어 죽일 년! 어디 솜씨 한번 보자!"

매상옥이 걸쭉한 육두문자를 뿜으며 득달같이 달려들었다. 어느새 뽑아 든 노뢰쌍겸 두 자루가 섬뜩한 파공성을 내며 장자이의 몸통을 베어갔다.

장자이는 그 어떤 사전 동작도 없이 허공으로 쭉 솟구쳤다. 이어 공중제비를 돌며 매상옥의 등짝을 가볍게 밟은 후 후방으로 떨어져 내렸다. 그녀의 손엔 어느새 시퍼런 예기를 뿌리는 초승달 모양의 월도가 들려 있었다.

장자이는 땅으로 떨어지자마자 바닥을 짧게 박차며 무섭게 돌진했다. 전방을 쓸어가는 소월도의 궤적을 따라 섬광이 번쩍였다.

매상옥은 질풍처럼 돌아서며 쌍겸으로 소월도를 맞아갔다.

까강깡깡!

섬전 같은 기습에 이은 벼락같은 반격. 시퍼런 불똥이 사방으로 튀었다.

"오, 돼지! 제법인데?"

"이런 미친년!"

매상옥이 쌍심지를 켜고 몸을 날렸다.

장자이는 가볍게 피하며 소월도로 매상옥의 허리를 양단

해 갔다. 매상옥이 그 육중한 몸과는 어울리지 않게 기묘한 동작으로 허리를 비틀더니 두 자루 겸으로 교차해 뿌렸다.

장자이가 쌍겸의 궤적 속으로 소월도를 찔러 넣었다. 그때부턴 한 자루 칼과 두 자루 겸이 허공에서 난상으로 얽히며 무수한 금속성을 만들어냈다.

까라라랑! 까강! 깡깡!

매상옥은 시종일관 환영술을 펼치며 방위를 점하려 들었지만, 그때마다 장자이의 빗살 같은 움직임이 흩어지는 환영을 따라붙었다.

장자이의 신법은 가히 일절이라 해도 손색없을 만큼 출중했다. 산동 지방에서 새롭게 출몰한다는 아리따운 신투가 장자이라는 매상옥의 예상이 맞는 모양이었다.

두 사람이 혼전을 벌이는 동안 살극달의 시선은 숲 그림자 너머로 아득하게 보이는 전각을 향하고 있었다.

자미원이었다.

저곳에 그 여자가 있다.

하원일의 첫사랑이자 그가 마지막 순간까지 목숨을 바쳐가며 지키려고 했던 여자.

'곧 만나게 되겠지.'

그때쯤 매상옥과 장자이의 싸움은 극단으로 치닫고 있었다. 어느 쪽도 승기를 잡지 못한 채 일겸과 일도를 주고받던 두 사람 사이로 살극달이 떨어져 내렸다. 동시에 양손을 바깥으로 뻗어 장력을 분출했다.

빠방!

막강한 압력이 장자이와 매상옥을 빗자루에 쓸린 가랑잎처럼 대여섯 장 밖으로 날려 버렸다. 외마디 비명과 함께 맥없이 날아간 두 사람은 재빨리 각자의 병기를 꼬나 쥐며 자세를 바로잡았다.

하지만 감히 반격을 가하지 못했다.

내장을 파고든 충격파가 온몸을 짜르르 울렸기 때문이다. 그건 두 사람이 경험해 본 그 어떤 종류의 장법과도 달랐다. 강하고 약하고의 문제가 아니라 이질적이고 기묘한 고통이었다. 그럼에도 불구하고 내상의 징후는 없다는 것 또한 신기했다.

살극달이 어리둥절한 얼굴로 서 있는 두 사람을 향해 말했다.

"두 사람 모두 내 말 좀 들어봐."
"누구한테 명령질이야."

장자이가 버럭 짜증을 냈다.

"끝장을 보겠다면 어쩔 수 없지. 하지만 그땐 우리 셋 중에 한 사람만 살아남는다. 그리고 그건 너희가 아닐 거라고 장담하지."

살극달이 준엄한 목소리로 장자이에게 경고했다.

"그런 소리를 듣고도 참는다면 무인이 아니지."

장자이가 말과 함께 매상옥을 바라보았다.

합공을 해 살극달을 먼저 제압하자는 신호였다. 매상옥은 머리가 아픈 듯 잠시 한숨을 쉬더니 이윽고 쌍겸을 고쳐 잡고 살극달을 노려보았다.

장자이 역시 흡족한 표정으로 살극달을 향해 소월도를 겨눴다.

"더럽게도 말 안 듣네."

살극달이 엉덩이에 매달려 대롱거리는 박도를 쑥 뽑아 들었다. 단순히 칼을 뽑는 동작이었는데 마치 거대한 산이 움직이는 듯한 착각에 장자이와 매상옥은 저도 모르게 움찔했다.

살극달이 칼끝을 바닥으로 향한 채 매상옥에게 물었다.

"네가 먼저 하겠어?"

매상옥은 선뜻 공격하지 못했다.

지금껏 생각을 못했는데, 살극달은 지금 처음으로 박도를 뽑았다. 청와각 객방에서 혼전을 벌일 때도 살극달은 맨손이었다.

손바닥만 한 비수를 들긴 했었지만 그건 진즉 떨쳐 버렸으니 없는 거나 매한가지였다. 뒤늦게 그걸 깨닫고 보니 매상옥은 다시 한 번 등골이 서늘해졌다.

그리고 압력이 있었다.

분명 살기는 아닌데, 그보다 더한 기세가 살극달의 전신으로부터 뿜어져 나와 그를 압도했던 것이다.

매상옥은 살수였다.

살수의 직감으로 매상옥은 자신이 살극달의 상대가 아님을 알았다. 물론 살수 본연의 방식이라면 얘기가 달라지겠지만, 지금처럼 정면대결에선 승산이 없었다.

"일단 들어는 보지."

매상옥이 검을 아래로 내리며 자세를 풀었다.

장자이가 매상옥을 씹어 먹을 듯 노려보았다.

살극달이 이번엔 장자이를 돌아보며 물었다.

"넌?"

장자이는 꿀 먹은 벙어리가 되어 있었다.

의지는 싸우고자 했으나 몸이 말을 듣지 않았다. 평생 수많은 고수를 만나고 싸워봤지만 이렇게 다양한 느낌이 드는 상대는 처음이었다.

어찌 보면 극강의 고수인 것도 같고, 또 어찌 보면 저잣거리 왈짜인 것도 같았다. 분명한 것은 조금 전 살극달이 펼친 장법이 예사로운 장법이 아니라는 것이다.

께름칙할 때는 일단 물러나는 게 수다.

"유언이라 생각하고 들어주지."

장자이 역시 소월도를 아래로 내리며 자세를 풀었다.

두 사람에게서 투기가 사라진 것을 확인한 살극달이 천천히, 그러나 묵직한 동작으로 칼을 갈무리하며 말했다.

"다음부턴 나로 하여금 칼을 뽑게 만들지 마라. 그땐 정말

대가를 치르게 해주겠다."

 아랫사람을 대하는 듯한 말투였지만 매상옥과 장자이는 아무 말도 못했다. 왜인지 모르지만 그에게는 그럴 자격이 있는 것 같았고, 또 왜인지 모르지만 한마디 하고자 했던 말이 목구멍까지 넘어왔다가 도로 쏙 넘어가 버렸다.

 살극달이 그런 두 사람을 일별하고는 말했다.

 "일단 내 입장부터 말하지. 난 두 사람이 과거에 무엇을 했든, 또 자하부에 무슨 목적으로 왔든 관심도 없고 관여할 생각도 없다. 내가 하는 일에 방해만 되지 않는다면."

 "그게 끝이냐?"

 장자이가 물었다.

 "일단은."

 "그럼 내 차례인가? 좋아. 근자에 산동 땅에 출몰한다는 신투가 바로 나야. 언제부턴가 사람들은 빙하신투(氷河神偸)라고 부르더군. 얼음장 아래를 흐르는 물처럼 차갑고 냉정한 성정을 지녔다는 뜻에서 붙은 별호지."

 "지랄하고 자빠졌네. 온 세상 사람들이 네년을 두고 나흘마(癩疙麻)라고 부르는 걸 내 다 아는데 어디서 되도 않는 사기를 치고 있어."

 매상옥이 갑자기 끼어들었다.

 나흘마는 검은 두꺼비를 말한다. 장자이가 밤에 가죽옷을 입고 지붕 위를 웅크린 채 기어가면 과연 두꺼비처럼도 보일 것 같았다.

살극달은 그만 '풉' 하고 웃음을 터뜨리고 말았다.

장자이는 울상이 되어 살극달을 노려보고는 다시 매상옥을 향해 날카롭게 말했다.

"그건 옛날에나 그랬지. 지금은 다들 빙하신투라고 부른다고!"

"웃기지 마. 지가 듣고 싶은 별호를 지어 퍼뜨리는 중이면서 무슨 헛소리를 하고 앉았어."

"그런 넌 그게 사람의 몸뚱이냐? 하긴 하루 종일 잠만 처자니 돼지처럼 살이 뒤룩뒤룩 찔밖에. 너, 혼자서는 똥도 못 닦지?"

"이년이 진짜 보자 보자 하니까!"

매상옥과 장자이가 병장기를 다시 치켜들면서 살벌한 분위기가 연출되었다.

"밤샐래!"

살극달이 버럭 소리를 질렀다.

장자이와 매상옥은 서로를 잡아먹을 듯 노려보았지만 함부로 공격하지는 않았다. 살극달의 말처럼 이대로 가다간 진짜 밤새도록 싸울 것 같았기 때문이다.

"그래서, 네 입장은 뭐야?"

살극달이 장내를 정리하며 장자이에게 물었다.

"간단해. 빙하신투의 이름을 걸고 분명히 말하는데, 난 자하부에 물건을 훔치러 온 게 아니야."

"도둑이 도둑의 이름을 걸고 물건을 훔치러 온 게 아니래. 참 나."

매상옥이 어이가 없다는 듯 말했다.

살극달이 생각해도 그건 좀 말이 안 되는 것 같았다. 그가 매상옥을 향해 물었다.

"너는 뭐 할 말 없어?"

"그쪽이 짐작하는 대로 난 백귀총(白鬼塚)의 살수가 맞소. 사정상 더 자세한 신분은 말해줄 수가 없소. 그리고 나야말로 자하부에 누군가의 목을 따러 온 게 아니오."

백귀총이라는 말에 장자이의 얼굴이 딱딱해졌다.

중원 오대살문(五大殺門) 중 한 곳인 백귀총은 실수를 죽음으로 치르는 전설의 살수 집단이었다. 그런 무시무시한 곳에서 지금까지 살아남은 매상옥이 결코 허술할 리가 없었다.

반면, 살극달은 처음부터 매상옥이 백귀총 출신이라는 걸 알고 있었다. 몽도술을 익히는 유일한 살수 집단이 바로 백귀총이기 때문이다.

"하면 왜 자하부에 잠입했지?"

살극달이 물었다.

"신분을 숨기기 위해서요."

"알아듣게 설명을 해."

"우리 같은 살수들은 대개 또 다른 신분을 하나씩 갖고 있소. 농부, 나무꾼, 상인, 유생……. 난 삼류무사를 선택했고, 자하부에서 당분간 은신할 생각이었소. 한데 재수없게 당신에게 들켜 버렸지."

"숨어살 장소치고는 꽤 시끄러운 곳을 택했군."

"모르시는 말씀. 시끄러운 곳일수록 숨어 있기엔 좋소."

"어쨌거나 오해를 살까 봐 나를 죽이려 했다 이거지?"

"그게 아니면 내가 무슨 억하심정이 있다고 당신을 죽이려 했겠소?"

"좋아, 이제 대충 오해는 풀렸지? 그럼 서로를 죽일 이유도 없어. 안 그래?"

살극달이 장자이와 매상옥을 번갈아 보며 말했다. 매상옥은 고민이 되는 눈치였고, 장자이는 뭐가 마음에 안 드는지 살극달을 노려보며 말했다.

"어쨌거나 내 신분을 함구해 주겠다는 건데, 내가 그걸 믿어줄 필요가 있을까? 내 입장에선 가만히 내버려 두면 모든 게 깔끔하게 끝나는걸."

"몽혼산을 믿나 보군."

살극달이 말했다.

장자이가 씨익 웃었다.

살극달과 매상옥이 몽혼산에 중독되었으니 그녀로서는 굳이 찜찜함을 남겨두면서까지 타협에 응할 이유가 없었다. 다시 말해 가만히 놔두어도 두 사람은 저절로 죽을 것이고, 그럼 장자이의 입장에선 살인멸구가 되는 것이다.

살극달이 의기양양한 장자이를 빤히 보며 말했다.

"단사(丹砂) 두 냥, 마황(馬黃) 한 냥, 당귀(當歸) 반 냥, 그 외 천궁(川芎), 노봉방(露蜂房), 대황(大黃), 반하(半夏), 서각(犀角)이 각 다섯 푼씩, 그리고……."

"그게 뭐야?"

"몽혼산의 해독제를 만들 때 필요한 약재들이다."

좌중이 찬물을 끼얹은 듯 고요해졌다.

넋 나간 얼굴로 침묵을 지키고 있던 장자이가 고개를 쳐들고 웃어젖혔다.

"푸하하!"

그러다 돌연 표정을 굳히며 말했다.

"나를 바보로 아는군. 이름을 같이하는 독이라고 해도 독재의 배합 비율에 따라 해독의 비방은 천양지차다. 몽혼산이라는 이름 하나만 듣고 그걸 해독할 수 있다고?"

"모든 독은 사(瀉)와 보(補)로 나누지. 독의 근간을 이루는 것이 사, 그것의 효과를 극대화하기 위한 것이 보지. 몽혼산은 학의 벼슬에서 추출한 학정홍(鶴頂紅)이 사를 이루고, 그 독성만 완화하면 나머진 별것없어. 운기조식 몇 번이면 씻은 듯이 나올걸. 물론 운기조식을 모른다면 난감하겠지만."

"거짓말. 몽혼산이 그렇게 쉽게 해독될 리가 없어!"

"쉬운 게 아니야. 당귀와 천궁, 노봉방, 대황, 마황, 반하는 의원들이 흔히 취급하는 물건이고, 단사는 술자들이 부적을 그릴 때 쓰는 돌가루지. 문제는 서각인데, 이건 구하는 데 시간이 좀 걸릴 거야. 그때까지 잠을 잘 수 없다는 건 내게 큰 고통이지."

그 순간 매상옥이 돌연 박장대소를 했다.

"크하하하! 서각도 어려울 것 없어. 내 노뢰쌍겸의 손잡이가 바로 코뿔소의 뿔, 즉 서각으로 만든 거거든."

살극달이 매상옥을 힐끗 돌아본 후 장자이를 향해 말했다.

"그렇다는군."

장자이의 얼굴이 하얗게 질렸다.

몽혼산이 절독이긴 하지만 해독제를 만들 수 있는 자가 존재하지 말라는 법은 없었다. 긴가민가한 마음이 아주 없진 않지만, 하필 그런 놈이 눈앞에 나타날 줄이야.

"만약 내가 믿지 않는다면?"

"해독제를 만들 수밖에. 며칠 고생은 좀 하겠지만, 뭐 그정도 안 잔다고 죽지는 않으니까. 어차피 시간도 널널하고 말이지. 문제는 난 별로 상관이 없는데, 그다음엔 저 친구가 당신을 만나러 갈 것 같군."

살극달이 매상옥을 가리키며 말했다.

매상옥이 입가를 씰룩이며 장자이를 노려보았다.

무슨 일이 있어도 반드시 너를 찾아 죽이겠다는 필살의 의지가 담긴 얼굴이었다.

장자이는 어금니를 꽉 깨물었다.
살극달이 물었다.
"어때? 좀 더 대화해 볼 용의가 있어?"
"일단 말해봐."
"그전에, 앞으로 내게 말을 할 때는 꼬박꼬박 공대를 해라."
살극달은 천천히 한마디를 덧붙였다.
"좋은 말로 할 때."
장자이는 무언가 한마디를 하려다가 억지로 꿀떡 삼켰다. 어쨌거나 상대는 자신보다 한참 나이가 많았다. 공대 좀 한다고 숙이고 들어가는 건 아닐 것이다. 장자이는 애써 그렇게 자위하며 입을 열었다.
"흥, 그깟 몇 년 더 산 게 뭐가 대단하다고."
"……."
"혼잣말이에요, 혼잣말."
살극달의 매서운 눈초리에 장자이가 변명을 했다. 살극달은 피식 웃으며 말을 이었다.
"다시 말하지만 내 얘긴 간단해. 해독제를 주고 세 사람 모두 예전으로 돌아가자는 거지. 물론 서로의 내력에 관해서도 덮어주고."
말을 하면서 살극달은 매상옥에게로 시선을 주었다. 의향을 묻는 것이다. 매상옥이 말했다.

"당신은 믿겠소. 하지만 저 계집은 못 믿겠소. 언제 또 독수를 쓸지도 모르고."

살극달은 다시 장자이에게 물었다.

"넌 어때?"

"나도 당신은 믿겠어요. 하지만 저 뚱보 자식은 못 믿겠어요. 오늘 일에 대해 언제 앙심을 품고 기습할지 모르니까. 저 자식은 살수라서 등 뒤에서 찌르면 나도 십 할 막는다는 보장이 없단 말이에요."

"그럼 둘만 해결하면 되겠네?"

살극달이 장자이와 매상옥을 번갈아 보며 물었다.

매상옥이 미세하게 고개를 끄덕였다.

장자이도 마지못한 듯 고개를 끄덕였다.

살극달이 말했다.

"둘이 한번 만나보는 건 어때?"

"그게… 무슨 말이에요?"

장자이가 설마 내가 짐작하는 그건 아니겠지 하는 표정으로 물었다.

"맞아. 네가 짐작하는 그거야."

"무슨 그런 밑도 끝도 없는 말을!"

"미쳤어요? 지금 누굴 어디다 엮는 거예요!"

매상옥과 장자이가 눈을 희번덕거리며 살극달을 쏘아봤다. 특히 장자이는 금방이라도 병기를 휘둘러 살극달을 쳐 죽일 기세였다.

"싫어?"

"그걸 지금 말이라고 해요? 내가 겨우 저딴 사내랑 눈을 맞추려고 지금껏 순정을… 아니, 내가 왜 이런 소리를 하고 있지. 하여튼 턱도 없는 소리 말아요."

"여자랑 한 방을 쓰면서도 한 번도 못된 짓을 안 하는 걸 보면 색마는 아닌 것 같고, 남자가 그만하면 묵직하고, 내가 보기엔 꽤 괜찮은 친구 같은데."

살극달의 뜬금없는 칭찬에 머쓱해진 매상옥이 뒤통수를 벅벅 긁었다. 하지만 장자이의 얼굴은 불이라도 붙은 것처럼 시뻘게졌다. 그녀가 콧김을 펑펑 뿜으며 말했다.

"묵직한 게 아니라 무거운 거예요!"

"같은 말 아닌가?"

"달라요!"

"아니면 말고."

"어떻게, 어떻게 나를 저런 뚱보 자식에게……."

"말조심해. 너도 내 취향은 아냐."

매상옥이 눈을 가늘게 뜨며 쏘아붙였다.

"꼴에 어디서 취향을 따지고 지랄이야. 돈으로 창녀를 사지 않으면 평생 여자 한 번 못 품을 주제에."

"그러는 넌 나 같은 뚱보라도 한번 품어본 적 있어?"

꽃다운 나이의 여자가 사내를 품어봤을 리 없고, 설사 품어봤다 한들 솔직히 말해줄 수 있는 상황도 아니었다.
 모든 걸 떠나 여자에게 이런 말을 한다는 것 자체가 대단한 무례였다. 장자이의 분노가 머리끝까지 뻗치지 않을 수 없었다.
 "너, 너, 말 다 했어?"
 "다 했다, 이 도둑년아."
 "이 개자식, 죽여 버릴 테다!"
 분기탱천한 장자이가 벼락처럼 소월도를 뽑아 기어이 매상옥을 베어갔다. 그 순간 살극달이 신형을 날려 장자이의 손목을 낚아챘다. 동시에 금나수의 수법을 발휘, 그녀의 팔목을 기묘하게 꺾었다.
 눈 깜짝할 사이에 소월도는 어느새 살극달의 손으로 옮겨져 있었다. 눈으로도 좇지 못할 이 괴이한 재주에 장자이는 그만 어리벙벙한 얼굴이 되어버렸다.
 그때 살극달이 모기처럼 속삭였다.
 "누군가 오고 있어."

第九章
공을 세우다

비룡잠호
祕龍潛虎

 몸을 살쾡이처럼 웅크린 상태에서 매상옥은 살극달의 옆모습을 곁눈질했다.
 매상옥은 살수였다.
 자신과는 비교도 하지 못할 정도의 강자를 죽인 것도 여러 차례, 그런 고수로부터 추격을 당하면서도 끝까지 살아남은 것 역시 여러 차례다. 그것을 가능케 한 것은 타의 추종을 불허하는 동물적인 감각 때문이었다.
 하지만 매상옥은 조금 전 괴인들이 다가오는 기척을 느끼지 못했다. 정확히 말하면 풀숲에 몸을 숨긴 후에도 한참이 지나서야 그걸 감지했다.

한데 눈앞의 이 사내 살극달은 자신보다 앞서, 그것도 한창 시끄러운 와중에 감지했다.

게다가 조금 전에 장자이의 소월도를 빼앗을 때 보여주었던 수법은 지금껏 그가 보아왔던 그 어떤 종류의 금나술보다 고명했다.

'대체 뭘 하던 자식이지?'

놀랍기는 장자이 역시 마찬가지였다.

괴인들이 다가온다는 말에도 아랑곳하지 않고 그녀는 넋 나간 표정으로 살극달과 자신의 손에 들린 소월도를 번갈아 보았다.

금나수는 본시 도문(盜門)의 절기다. 도둑인 그녀의 입장에서 보자면 자신의 가장 큰 장기로 패한 것이다. 그것도 대장장이 출신 돼지치기에게.

장자이는 낭패스러움을 넘어 허망하기까지 했다.

그때 그들이 등장했다.

살극달은 예리한 눈으로 전방을 주시했다.

계곡과 숲의 경계에 드리워진 어둠을 따라 십여 개의 검은 인영이 상체를 바짝 숙인 채 달려오고 있었다.

흑의 경장에 복면으로 얼굴을 가리고 한 손엔 검을 들었는데, 풀벌레조차 속이는 몸놀림이며 어둠과 동화되는 솜씨가 예사롭지 않았다.

살극달은 특히 그들이 검을 등이나 허리에 매지 않고 이미 뽑아 들었다는 것에 주의를 기울였다. 게다가 검은 연기를 쐬어 빛을 죽인 암검(暗劍)이었다.

"장담하건대 일류고수들이야."

장자이가 말했다.

"뿐만 아니라 전문가들이야."

매상옥이 말했다.

"전문가?"

다시 장자이가 물었다.

"살수들이란 얘기지."

"일류 무공을 지닌 살수가 열 명씩이나?"

"들키는 날엔 죽음이지."

길게 줄을 지어 달려오던 복면인들은 폭포수 아래에서 하나로 뭉쳤다. 역시나 상체를 바짝 숙인 상태였다.

십여 장이나 떨어진 곳에 웅크리고 있던 살극달 등이 보기엔 크고 시커먼 덩어리 같았다.

그 순간 그들이 대화를 나누기 시작했다.

"계집… 자시……."

"…혈랑대……."

"일호와 이호가……."

우렁찬 폭포 소리 때문에 대화는 단편적으로 뚝뚝 끊어졌다. 주위에 소음이 없다면 가늘기는 해도 한 줄에 꿸 수 있었다. 하지만 지금은 폭포 소리가 다른 소리를 삼켜 버리기 때문에 제아무리 청력을 돋운다 해도 한계가 있었다. 내공으로도 어찌할 수 없는 상황인 것이다.

"곯아떨어지는 데 얼마나 걸려?"

살극달이 매상옥에게 속삭였다.

매상옥은 즉각 살극달의 말을 알아들었다.

몽도술을 펼쳐 저들의 말을 엿들어보라는 것이다. 매상옥 역시 모기처럼 속삭였다.

"그거야 마음대로 할 수 있지만, 왜 그러는 거요?"

"몽도술을 육성까지만 익히면 자면서도 말을 할 수 있다던데, 당신은 어느 정도지?"

"그것까지……!"

"말해봐. 어느 정도야?"

"육성의 초입. 말을 할 수는 있는데 약간의 문제가 있소."

"됐어. 해봐."

살극달이 명령을 내렸다.

그 천연덕스럽고 자연스러운 태도에 매상옥은 마치 처음부터 그의 명령을 들었던 사람처럼 자연스럽게 땅바닥에 드러누웠다. 그러다 뒤늦게 자신의 실태를 깨닫고는 흠칫 굳었다.

'내가 지금 뭘 하고 있는 거지?'

이미 누운 처지에 다시 일어나기도 어색했다.

"나도 궁금하고 하니 한번 해보리다."

하지만 그는 벌떡 일어날 수밖에 없었다.

"난 지금 몽혼산에 중독되었잖소."

"누가 진짜 자래? 몽도술을 펼치라고 했지."

"그건…… 그렇지. 만에 하나 내가 진짜로 잠들 기미가 보이면 얼른 깨워줘야 하오."

"참, 말 많네."

매상옥은 기분이 떨떠름했다.

얼떨결에 명령을 따른 것도 모자라 지청구까지 듣고 있으니 은근히 자존심이 상한 것이다. 하지만 그는 다시 누웠다. 그리고 눈을 감자마자 기면상태에 빠졌다. 눈까풀 아래에서 동공이 풀리고 몸이 나른해졌다. 그의 의식이 두 눈과 정확히 삼각형의 꼭짓점을 이루는 이마 위 두정안(頭頂眼)으로 집중되었다.

세상에 알려진 것과 달리 몽도술은 혼백이 육체를 떠나지는 않는다. 다만 인체의 모든 기능을 중단한 채 오직 한 가지 기능에만 의식을 집중하기 때문에 그 한 가지에서만큼은 초인적인 능력을 발휘하게 된다.

내가고수가 내공을 끌어올려 십 리 밖의 새소리를 듣는 것과는 차원이 다른 청력이 생기는 것이다.

즉, 일종의 술법이다.

매상옥의 입에서 낯선 음성이 자불자불 흘러나왔다.

"우리에게 주어진 시각은 딱 일각이다."

"혈랑대의 수는 얼마나 됩니까?"

"동서남북의 사방에 번을 서는 놈들이 각 열 명씩, 자미원에 상주하는 놈들이 육십여 명이다. 자시가 되면 사십 명이 자미원을 떠나 숲으로 들어가 앞서 번을 서는 놈들과 교대를 한다. 일각 동안은 자미원에 스무 명 정도만 남게 되는 셈이지. 우린 그 틈을 뚫고 잠입한다."

"작전 종료 후에는 어떻게 합니까?"

"계집을 찾아 제거한 다음에는 팔방으로 흩어진다. 그 후 각자가 알아서 귀환한다. 명심할 것은 사로잡히는 자가 있어선 안 된다. 그땐 내가 직접 살수를 쓸 수밖에 없다는 걸 잊지 말도록."

"알겠습니다."

"작전은 이렇다. 우선 내가 혈랑대주 표길량을 맡는다. 그 사이 너, 너, 그리고 너는 드르렁… 하고, 너, 너, 그리고 너는 드르렁… 한다."

"뭐야, 이 자식? 코 골잖아!"

장자이가 아미를 찡그리며 속삭였다.

그녀의 말처럼 매상옥은 복면인들의 말을 전하는 순간순간 코를 골고 있었다. 몽도술을 펼치는 동시에 말을 할 수는 있는데 약간의 문제가 있다고 한 게 바로 이것인 모양이었다.

한데 이게 또 다른 문제를 야기시켰다.

"잠깐, 이게 무슨 드르렁……?"
"코 고는 드르렁……?"
"드르렁… 이다!"

놈들이 눈치를 챘다.
살극달은 일언반구 몽땅 생략한 채 발작적으로 몸을 일으키더니 뒤쪽의 숲으로 정신없이 내뺐다.
"저, 저런 의리없는 자식이……!"
황당한 장자이는 벌떡 일어나 살극달을 향해 손가락질하며 욕을 퍼부으려다 뒤통수가 간지러워 슬그머니 뒤를 돌아보았다. 그리고 폭포 근처에 있던 복면인들과 눈을 딱 마주쳤다.
"에이 씨!"
장자이 역시 살극달의 뒤를 따라 비호처럼 신형을 쏘았다. 자리를 떠나기 직전 그녀는 매상옥의 배를 잘근 밟아주는 걸 잊지 않았다.
"우욱!"
외마디 비명과 함께 잠에서 깨어난 매상옥은 얼떨결에 아랫배를 움켜잡고는 역시나 질풍처럼 두 사람의 뒤를 따랐다.
멀어져 가는 세 사람의 뒤로 십여 개의 시커먼 그림자가 맹

럴한 속도로 따라붙었다.

"대체 우리가 지금 뭐하고 있는 거예요?"
장자이가 물었다.
"보면 몰라? 도망가고 있지."
살극달이 말했다.
"그러니까 왜 도망가냐고요."
"저놈들이 죽이려 하니까."
"그걸 누가 몰라요!"
"일단 달려!"
"그러고 싶지 않아도 그럴 수밖에 없잖아요."
쏜살처럼 달리는 두 사람 뒤로 뚱보 매상옥이 숨을 헐떡거리며 따라붙었다.

순간적으로 폭발적인 움직임을 보이는 것은 근육으로 가능하지만, 이런 식의 장거리를 달릴 때는 거대한 몸집은 불리할 수밖에 없다.

살극달과 장자이가 나무 사이를 다람쥐처럼 요리조리 재치있게 빠져나가는 것과 달리 매상옥은 두 자루 낫을 꺼내 앞을 가리는 나뭇가지를 닥치는 대로 쳐내며 달렸다.

덕분에 숲은 거대한 멧돼지 한 마리가 분탕질을 치는 것처럼 소란스러웠다.

"저 자식은 대체 왜 우리를 따라오는 거야."

"놔둬. 자기도 살아보겠다고 그러는데."

"홰를 치면서 달려오니까 그렇죠. 저 자식 때문에 우리 위치까지 다 들키고 있어요!"

"더욱 좋지."

"뭐라는 거예요?"

"일단 달려."

"아, 진짜, 얄미워!"

살극달은 계속해서 달렸고, 장자이 역시 달렸고, 매상옥 역시 죽으라고 뒤를 따랐다. 장자이와 매상옥 두 사람에겐 선택의 여지가 없었다.

셋이 함께 있을 땐 그래도 뭐라도 해볼 수 있었지만, 무리에서 낙오라도 된다면 그땐 정말로 끝이기 때문이었다.

제아무리 실력을 숨긴 고수라고 한들 일류의 무공을 지닌 열 명의 살수를 당할 수는 없었다.

그리고 하나 더, 장자이와 매상옥은 자신도 모르는 사이에 살극달에게 의지하고 있었다.

지금까지 그가 보여준 눈썰미와 판단력으로 볼 때, 혹은 그것으로는 설명할 수 없는 무언가 있을 것 같은 분위기로 미루어 그가 이쪽으로 방향을 잡은 데에도 그럴 만한 이유가 있을 거라는 느낌이 든 것이다.

두 사람의 예상이 적중했는지 어쨌는지는 알 수 없었다. 하지만 어느 순간 돌발 상황이 발생했다.

삐이이!

어디선가 솟아오른 호각 소리가 밤하늘을 갈랐다.

그 소리가 들리는 순간 야조(夜鳥)처럼 무서운 속도로 따라붙던 복면인들이 돌연 방향을 바꾸어 달아나기 시작했다.

자미원의 경내에 들어온 것이다.

그때 또 한 번 돌발 상황이 발생했다.

시종일관 도망을 치던 살극달이 돌연 방향을 바꾸어 이제는 복면인들을 뒤쫓기 시작했다.

"한 놈을 잡아야 해."

살극달의 말이었다.

그리고 도망갈 때와는 비교도 할 수 없을 정도로 빠른 신법으로 복면인들을 추격했다.

나무와 나무 사이를 빠져나가는 것이 아니라 나무와 나무의 허리를 밟으며 통겨지듯 쏘는 신법은 가히 유령과도 같았다.

눈 깜짝할 사이에 살극달은 가장 후방에서 달려가던 복면인의 전면으로 뛰어내렸다.

기척을 느낀 복면인이 벼락처럼 돌아서며 검을 휘둘렀다. 전속력으로 질주하는 와중에 저런 식으로 후방을 향해 검을 휘두르는 것은 결코 간단한 일이 아니었다.

복면인의 이 고명한 반격에 살극달의 몸이 두 쪽 날 것을 장자이와 매상옥은 의심하지 않았다.

하지만 찰나의 순간 살극달의 신형이 바닥으로 착 가라앉았다. 그와 동시에 어느새 뽑아 든 그의 박도가 복면인의 아랫배를 지나 좌방으로 빠져나가고 있었다.

쉿!

맑은 쇳소리와 함께 살극달이 일 장 밖으로 물러났다. 쥐 죽은 듯한 정적이 흐르는 가운데 복면인이 앞으로 천천히 고꾸라졌다.

"……!"

"……!"

장자이와 매상옥의 눈이 휘둥그레졌다.

장자이가 목소리를 쥐어짰다.

"저 인간, 일부러 도망치는 척했어."

"무슨 소리야?"

"모르겠어? 여긴 자미원 경내고, 방금 그 호각 소리는 혈랑대의 신호야. 일부러 혈랑대가 있는 곳으로 유인한 거라고."

"왜?"

"내가 저 인간 속을 어떻게 알아?"

장자이와 매상옥이 재빨리 살극달에게 달려갔다.

살극달은 복면인이 자결할 수 없도록 칼 든 손을 밟은 채 심문하는 중이었다.

"누가 보냈지?"

"죽여라."

"그전에 대답부터 해라."

"무슨 개수작이냐?"

"호각 소리를 들었겠지? 난 산 채로 널 그들에게 넘겨줄 거야. 그리고 팔만사천촌육법(八萬四千刌肉法)을 가르쳐 줄 거야."

"그게… 뭐지?"

"사람의 몸을 심장에서 가장 먼 발끝에서부터 종잇장처럼 얇게 썰며 올라가는 고문기술이지. 한 장을 썰 때마다 법문(法門) 하나씩, 도합 팔만사천 개의 법문을 모두 읊을 때쯤이면 사람의 신체가 형체도 없이 사라져 버리지. 물론 그전에 죽겠지만 말이야."

곁에서 듣고 있던 장자이와 매상옥은 마른침을 꼴깍 삼켰다. 실로 악랄하기 짝이 없는 고문법에 상상만 해도 치가 떨리고 소름이 끼쳤다. 아무 상관이 없는 자신들조차도 발가락 끝이 간질간질할 정도였다.

"굳이 너에게 밝혀야 하는 이유는?"

"고통없이 죽여주겠다."

"그들에게 밝혀도 고통없이 죽여줄 것이다. 그러니 입을 열려면 굳이 네놈에게 열 이유가 없지. 물론 그럴 생각도 없지만."

"아둔한 놈. 그들은 배후뿐만이 아니라 네놈이 속한 살문까지 추격해 섬멸하려 할 것이다. 하지만 난 네놈의 신분 따윈 관심이 없어. 어때? 이제 말귀를 좀 알아듣겠나?"

그 순간, 복면인의 눈동자가 심각하게 흔들리기 시작했다. 그는 동요하고 있었다. 어떤 경우에도 입을 열지 않을 자신은 있지만, 사람의 몸을 팔만사천 조각으로 자른다고 하니 저도 모르게 피가 마르는 것 또한 어쩔 수 없었다.

그러나 그럼에도 불구하고 그는 입을 열 수가 없었다. 청부자의 신분을 밝히는 순간 그가 속한 살문은 신뢰가 땅에 떨어지게 된다. 그건 본문을 스스로 모욕하는 짓이었다.

"그들이 누군지는 나도 모른다. 다만 짐작하기로……."

그때, 어디선가 비도 한 자루가 파공성을 내며 날아와 복면인의 이마에 박혀들었다. 살극달이 지척에 있었는데도 막을 수 없을 만큼 빨랐다.

장자이와 매상옥이 재빨리 비도가 날아온 쪽으로 신형을 돌렸지만 어둠 속의 흉수는 이미 사라지고 없었다.

뇌를 관통당한 복면인은 이미 절명한 상태였다.

"불쌍한 놈."

말과 함께 살극달은 놈의 이마에서 비수를 뽑은 다음 주변에 있던 돌덩어리를 번쩍 들어 흑의인의 얼굴을 내리찍었다.

퍽! 소리와 함께 흑의인의 얼굴이 복면과 함께 무너져 내렸다.

엷은 복면을 따라 피가 흥건하게 배어 나왔다.

칼로 사람을 베는 것과 돌로 쳐 죽이는 것은 전혀 다른 문제였다. 그건 타고난 흉성이 있지 않고서는 결코 쉽지 않은 일이었다.

장자이는 살극달의 잔악무도함에 치를 떨었다.

"이미 죽은 사람이에요. 대체 왜?"

"비도가 박힌 흔적을 지워야 해."

"왜죠?"

"흔적을 감추기 위해서지."

살극달은 비도를 매상옥에게 던져 주며 물었다.

"알아보겠어?"

장자이는 기가 막힌다는 듯 콧방귀를 뀌었다.

복면인의 입을 막기 위해 아마도 그의 동료로 짐작되는 이가 암수를 썼다. 그런 사람이 자신의 흔적이 남은 비도를 쓰겠는가.

한데 장자이의 뒤통수를 때리는 상황이 발생했다. 비도를 받아 든 매상옥이 이리저리 한참을 뒤집어보더니 코까지 대고 킁킁거리다가 이렇게 말한 것이다.

"귀루에 흑상귀(黑上鬼)라는 놈이 있소. 한 자루 비도를 귀신같이 쓰는데 도신에 꼭 동백기름을 바르는 괴벽이 있지."

장자이는 뜨악할 수밖에 없었다.

하지만 살극달은 당연하다는 듯 전혀 놀라지 않았다. 본시 백귀총의 살수들은 추종술에 타의 추종을 불허하는 발군의 재주를 지녔다.

추종술이 어디 발자국만 살핀다고 될 일인가. 각 문파의 특징은 물론 천하무림인들의 습성과 특징에 대한 방대한 정보가 있지 않고서는 불가능한 일이다.

살극달이 그걸 알고 매상옥에게 비도를 던져 준 것인데, 살극달의 일행 중에 백귀총의 살수가 있다는 것을 알 리 없는 귀루의 살수가 어이없는 실수를 한 것이다. 물론 그는 백귀총의 살수가 자신의 그런 습성까지 파악하고 있다는 걸 까맣게 모르고 있겠지만 말이다.

"동백기름?"

살극달이 되물었다.

"칼이 잘 빠지거든. 피도 안 묻고."

"수고했어."

너무나 간단하게 자객의 정체를 파악해 버리는 살극달과 매상옥의 맞장구에 장자이는 혀를 내둘렀다. 하지만 살극달은 뭔가 계속 찜찜한 모양이었다. 장자이가 물었다.

"왜 그래요?"

"이상하지 않아?"

"뭐가요?"

"무림이 제아무리 강자지존, 약육강식의 세계라지만 어느 정도 이름을 얻게 되면 그때부턴 명분이라는 놈에게 집착을 하게 되지. 거추장스럽고 복잡하지만 더 먼 곳을 내다볼 줄 아는 사람이라면 그 명분이라는 놈을 결코 무시하지 않아. 한데 지금은 다들 지나치게 노골적으로 이빨을 드러내고 있어.

이건 뭔가 아귀가 맞지 않아."

"순진하긴. 누가 촌에서 온 사람 아니랄까 봐."

"무슨 뜻?"

"뇌정신군은 자타가 공인하는 폭군이었어요. 적을 처단함에 있어 한 줌의 인정을 베푸는 법이 없었고, 반역의 기미는 뿌리까지 찾아내 철저히 응징했죠. 자하부의 역사는 피의 역사예요. 그런 사부 밑에서 경쟁하며 자란 사형제들이 뭘 배웠겠어요?"

"인과응보(因果應報)다?"

"그런 셈이죠."

"그런가?"

"그렇다니까요."

그때 곳곳에서 풀숲을 헤치고 달려오는 소리가 들렸다. 자미원을 수호하는 혈랑대가 틀림없었다.

장자이와 매상옥은 정신이 번쩍 들었다.

살인이 났다.

혈랑대는 이번 일을 결코 가볍게 넘어가지 않을 것이고, 세 사람에 대한 내력을 파고들 것이다. 도둑과 살수가 자하부에 들어온 걸 알면 가만둘 리가 없었다.

"내게 맡기고 두 사람은 숨어."

살극달이 말했다.

"혼자 뒤집어쓰겠다고요?"

장자이가 말했다.
"그럼 네가 할 테야?"
"미쳤어요. 내가 왜!"
"그러니까 숨어. 늦으면 그런 기회조차 없어."
살극달의 말이 끝나기도 전에 장자이와 매상옥은 흔적도 없이 사라져 버렸다.
한 명은 도둑이고 한 명은 살수다.
둘 모두 은신과 매복이라면 일가견이 있는 사람들이었다. 살극달은 두 사람을 전혀 걱정하지 않았다.
찰나의 간격을 두고 그들이 나타났다.
어두운 숲을 배경으로 횃불을 든 채 불쑥불쑥 등장한 괴인들의 숫자는 대략 십여 명. 하나같이 흑의 경장에 귀면검을 뽑아 들었는데 그 기세가 범상치 않았다.
혈랑대였다.
혈랑대의 일부는 앞서 도주한 복면인들을 추격했고, 일부는 살극달을 에워쌌다. 턱이 칼끝처럼 뾰족한 자가 살극달이 돌로 쳐 죽인 자의 얼굴에 횃불을 갖다 대고 복면을 벗겼다.
삶은 감자처럼 처참하게 으깨진 얼굴이 나타났다. 뾰족턱은 다시 복면을 덮고 천천히 일어서더니 느닷없이 살극달의 턱밑에 검을 붙였다.
일체의 예비동작도 없는 귀신같은 발검술이었다.
"누구냐?"

"살극달이오."

뾰족턱이 주위에 있던 다른 흑의인들을 둘러보았다. 들어본 바가 있느냐는 뜻이었는데 다들 고개를 가로저었다.

대답은 살극달이 대신해 주었다.

"이번에 무관을 통과한 사람이오. 그 후 여러 날이 지나도록 배속을 해주지 않아 청와각 이층 객방에서 식객처럼 지내고 있지."

그때 한 사람이 살극달의 눈에 띄었다.

혈랑대의 십인장으로 사흘 전 무관을 치를 때 귀환도 강창성을 일검에 베어 넘기던 놈.

여제문이 곁에 있는 외눈박이 장한에게 다가가 무언가 귓속말을 전했다. 검처럼 날카로운 눈썹에 그에 어울리도록 날카롭게 찢어진 눈을 지닌 장한이었는데, 하필 그 눈썹과 눈을 검상이 번개처럼 가로질러 더욱 섬뜩한 인상을 주는 사내였다.

외눈박이의 눈동자에서 기이한 빛이 떠올랐다. 그는 처참한 몰골로 죽어 있는 복면인과 살극달을 번갈아 보더니 물었다.

"네가 죽였나?"

"그렇소."

"솜씨가 좋군."

"감사하오."

"어떻게 죽였지?"

"이렇게 합시다. 내가 지금까지 있었던 일을 일목요연하게 정리를 해주겠소. 무언가 미심쩍거나 의심이 가는 게 있으면 기다렸다가 그때 질문을 하시오. 어떻소?"

외눈박이가 어리둥절한 표정을 지었다.

"일단 검부터 좀 치우고."

살극달은 대답을 기다리지 않고 턱밑에 붙은 뾰족턱의 검을 손으로 밀어버렸다. 뾰족턱이 황당한 표정을 짓는 사이 살극달의 말이 시작됐다.

"사흘 동안 객방과 식당만 오가다 보니 답답하기도 하고 장원이 어떻게 생겼는지 궁금하기도 해서 산책을 나왔소. 그러다 물소리를 따라 저 아래의 계곡까지 왔고. 달빛 아래에서 탁족(濯足)을 즐기던 중 복면을 쓴 괴인들이 나타났소. 야심한 시각에 복면을 썼으니 좋은 무리는 아닐 터, 난 서둘러 바위 뒤에 몸을 숨겼지. 그러다 의도하지 않게 그들의 대화를 엿들었는데 아무래도 자미원의 누군가를 제거하겠다는 얘긴 것 같았소."

살극달이 여기까지 얘기했을 때 복면인들이 술렁이기 시작했다. 살극달이 다시 말을 이었다.

"난 그들이 말한 누군가가 자하부의 부주라고 생각했소. 사흘이나 공밥을 얻어먹은 처지에 그냥 넘어갈 수 없었소. 그래서 자미원 경내에 혈랑대가 상주한다고 들었던 걸 상기하고는 무작정 자미원을 향해 달렸소이다. 아마도 당신들이 그 혈랑대의 고수들이신 듯한데, 미리 알려주면 알아서 대처할 거라고 생각했소. 그런데 놈들이 눈치를 채고는 추격을 해왔소. 그들의 경공은 상상을 초월했고, 난 도저히 그들을 따돌릴 수가 없었소. 그래서 일단 몸을 숨겼고, 그때 호각 소리가 들렸소이다. 그들은 갑자기 도주를 시작했고, 그중 한 놈이 내가 숨어 있던 나무 앞으로 지나갔소. 난 소리를 지르며 튀어나와 놈을 벴고, 혹시나 놈이 반격할까 두려워 아무거나 잡히는 대로 황급히 들어서 놈을 찍었소. 그랬더니 저렇게 되었소이다. 자, 내 얘기는 여기까지외다. 미심쩍은 게 있다면 질문을 하시오."

살극달이 이야기를 끝냈다.

혈랑대는 죽은 자의 머리맡에 떨어진 돌덩이와 한쪽에 아무렇게나 널브러져 있는 박도를 차례로 보았다.

돌덩이엔 피가 묻었고 박도는 횃불에도 녹이 어슬어슬 슬어 있는 게 훤히 보였다.

살극달의 진술과 완벽하게 일치했다.

혈귀대는 특히 녹슨 박도에 시선을 주었다.

저건 무사의 칼이 아니다.

무사라면 저 모양이 되도록 칼을 방치하지 않았을 것이다. 하지만 놈이 한 짓은 실로 놀라웠다.

독고설란의 목숨을 노리고 온 자객이 결코 허술할 리는 없을 터. 아무리 운이 좋았다고는 하나 그런 자객을 이렇게 쉽게 보낼 수는 없는 노릇이었다.

그때, 도주한 자들을 추격하러 갔던 혈랑대가 돌아왔다. 그중 하나가 외눈박이에게 보고했다.

"뿔뿔이 흩어져 버렸습니다. 더 추적했다간 놈들의 덫에 걸려들 수도 있습니다."

외눈박이가 고개를 끄덕였다.

살극달은 그가 누군지 짐작하고 있었다. 그는 오래전 하원일에게 한쪽 눈을 잃은 혈랑대주 표길량이었다.

아무도 질문을 않자 살극달이 말했다.

"이제 가도 되겠소? 저녁나절에 술을 좀 했더니 알딸딸해서 말이외다."

"좋도록."

표길량이 순순히 말했다.

살극달은 정중하게 포권지례를 한 후 한가롭게 사라졌다. 살극달이 사라지자 여제문이 표길량에게 물었다.

"그냥 보내주시는 겁니까?"

"그럴 리가. 지금 즉시 이공자와 삼뇌께 방금 있었던 일을 보고 드리고, 놈에 대해서도 한번 알아봐."

"알겠습니다."

第十章
시비가 불다

청와각은 아침 댓바람부터 식사하러 온 사람들로 북적거렸다.

그들 중에 살극달과 장자이, 매상옥도 있었다. 뽀송뽀송한 피부의 장자이와 달리 살극달과 매상옥은 얼굴이 누렇게 뜨고 눈 밑의 반점은 광대뼈까지 내려온 상태였다.

밤새 한숨도 자지 못한 까닭이었다.

사정은 이러했다.

지난밤 살극달이 자미원을 떠나 뒤늦게 객방으로 돌아왔을 때 장자이는 없었다. 대신 매상옥이 혼자서 '이년 저년' 욕을 하며 낫을 갈고 있었다.

사정을 물어보니 분명 함께 숲을 떠났는데 중간에 보니 장자이가 귀신처럼 사라지고 없더라는 것이다.

몽혼산에 중독된 두 사람은 어쩔 수 없이 장자이를 잡으러 밤새도록 자하부를 쏘다녔다. 하지만 끝내 잡지 못하고 오경(五更) 무렵이 되어 다시 객방으로 돌아왔다.

그때부턴 뜬눈으로 날밤을 샜다.

살극달과 매상옥은 해가 중천에 뜰 때까지 기다리다가 그래도 밥은 먹어야지 않겠느냐며 식당을 찾았다. 그리고 지금 청와각 서학루에서 혼자 밥을 처먹고 있는 장자이와 맞닥뜨린 것이다.

"난 해독제를 준다고 한 적 없어요."

벌써 계혈탕포(鷄血湯包) 한 그릇을 혼자 뚝딱 해치운 장자이가 입가심으로 나온 닭다리를 쭙쭙 빨며 말했다.

"뭐! 그걸 지금 말이라고 해!"

매상옥이 금방이라도 낫질을 할 것처럼 으르렁거렸다. 그는 주변의 시선을 의식하고는 가까스로 분을 삭였다. 그리고 어금니를 빠드득 갈며 말했다.

"우리가 지금 몇 시진째 잠을 못 자고 있는 줄 알아? 난 하루에 일곱 시진 이상을 못 자면 죽는다고!"

"잠을 자면 더 빨리 죽지."

"이 도둑년이 진짜!"

쾅!

매상옥이 탁자를 거칠게 내려쳤다.

장자이가 발라놓은 닭 뼈가 잠깐 허공으로 치솟았다가 떨어졌다. 장자이가 매상옥 힐끗 올려다보며 말했다.

"우선 그 도둑년이라는 소리부터 고쳐."

"네년이 돼지 뚱보라고 놀리지만 않으면 나도 도둑년이라고 할 일 없어!"

"그러면서 또 한 번 하네."

"좋아, 한 살이라도 더 먹은 내가 참겠다. 욕은 하지 않을 테니 너도 군말 말고 해독제를 줘."

"사과부터 해."

"무슨 사과?"

"나한테 욕한 거, 낯질 한 거, 무례하게 군 거 전부 다."

"그건 피차일반이잖아."

매상옥은 작게 속삭이는 대신 화난 기색을 얼굴 전체로 표현했다. 말을 할 때마다 목젖이 드러나도록 입을 쩍쩍 벌린 것이다.

"그래도 넌 사내잖아. 여자가 사내에게 욕하는 것과 사내가 여자에게 욕하는 건 달라. 그건 정말……."

장자이는 잠시 사이를 두었다 힘주어 말했다.

"인간 말종들이나 할 짓이야."

얼굴이 시뻘겋게 달아오른 매상옥이 살극달을 바라보았다. 그러고 앉아 있지만 말고 뭐라고 말 좀 해보라는 표정이었다.

어쨌거나 동병상련의 처지가 아닌가.

하지만 살극달은 오히려 장자이의 편을 들었다.

"그건 맞아. 여자한테는 그러면 안 돼."

"그렇죠? 맞죠?"

장자이가 반색을 하며 살극달을 보았다.

"너도 나이 많은 사람한테 그러는 거 아냐. 얼핏 보아도 매상옥이 너보다 대여섯 살은 많아 보인다."

은근슬쩍 두 사람을 한참 손아랫사람처럼 취급해 버리는 살극달이었다. 이 순간 위아래가 은연중에 정해져 버렸다는 것도 모른 채 매상옥이 반색하며 맞장구를 쳤다.

"내 말이 바로 그거요. 공맹의 도리를 똥구멍으로 처배우지 않은 바에야 저렇게 무례하지 않을 수가 없단 말이지."

"말 다 했어?"

장자이가 탁자를 쾅 치며 일어났다.

닭 뼈가 다시 한 번 솟구쳤다가 떨어졌다.

"일어서면 어쩔 건데?"

매상옥도 덩달아 일어나며 허리춤에 찬 겸으로 손을 가져갔다. 탁자를 사이에 두고 두 사람이 살벌한 분위기를 연출하는 사이 살극달은 장자이의 앞에 놓인 닭다리를 하나 집으며 말했다.

"시끄럽게 굴면 이목을 끌 텐데."

그 한마디에 움찔 놀란 장자이와 매상옥이 슬그머니 자리에 앉았다. 언성을 높이다 보면 할 소리 안 할 소리 모두 하게 되고, 그러다 자칫 죽자고 폭로전으로 치닫게 되면 살수와 도둑이라는 게 훤히 들통 날지도 모르는 일이다.

 살극달이 닭다리를 뜯으며 말을 이었다.

 "여러 소리 말고, 확실히 입장을 정해. 나도 이제 짜증이 날라고 그러니까. 우선 장자이, 그만하면 충분하니까 이제 해독제를 줘. 왜 나까지 엮어가지고 골탕을 먹여?"

 "그쪽은 뭐 예쁜 줄 알아요?"

 "그래서 주겠다는 거야, 안 주겠다는 거야?"

 "말했잖아요. 저 뚱보 자식이 앙심을 품고 나를 기습하지 않는다는 보장이 없는 한 줄 수 없다고. 그리고 사과도 하고."

 "사과는 무슨. 그냥 시원하게 욕 한번 하고 잊어버려. 그리고 매상옥, 확실히 대답해. 그녀를 죽일 거야?"

 "천 갈래 만 갈래로 찢어 죽이고 싶은 마음이야 굴뚝같지만, 당신을 봐서 참겠소. 물론 해독제를 준다는 조건하에서."

 살극달이 다시 장자이를 돌아보며 물었다.

 "장자이, 들었지?"

 "그 말을 어떻게 믿어요? 방금도 욕하지 않겠다고 맹세를 해놓고선 앉은 자리에서 또 욕을 하잖아요."

 "맹세를 하긴 누가 맹세를 해!"

매상옥이 쌍심지를 켜고 끼어들었다.

"바로 그런 게 사내답지 못하다는 거야. 그게 뭐야. 쪼잔하게시리. 나 같으면 시원하게 '화가 나서 나도 모르게 말이 좀 거칠었다. 다음부턴 조심하겠다', 이러겠다."

"웃기지 마. 네년 속을 누가 모를 줄 알아? 순순히 해독제를 주려니까 배가 아파서 꼬장을 부리는 거잖아. 내가 어떻게 말했어도 네년은 갖은 핑계를 대며 골탕을 먹였을걸."

두 사람이 옥신각신하는 사이 살극달은 닭 반 마리를 모두 해치운 후 가느다란 뼈로 이를 쑤시며 말했다.

"아무리 생각해도 이 사태를 매듭짓는 방법은 하나밖에 없어."

장자이와 매상옥이 동시에 살극달을 보았다.

살극달이 말했다.

"둘이 만나는 거지."

"내가 장난으로도 그 말 하지 말랬죠."

"더 좋은 방법 있어?"

"내가 그냥 해독제 줄게요! 됐어요?"

"그럼 간단하긴 하지."

살극달이 빙그레 웃었다.

매상옥도 뭔가 떨떠름하지만 그 정도면 됐다는 듯 고개를 끄덕였다.

장자이가 이 요괴들과 얼른 헤어져야겠다는 생각에 품속

을 뒤져 해독제를 꺼내려는 순간 어디선가 쇠솥을 긁는 듯한 소리가 들려왔다.

"처음 보는 자들이군."

살극달, 매상옥, 장자이는 약속이나 한 듯 그대로 얼어붙었다.

지금 세 사람이 앉아 있는 곳은 서학루였다.

자하부 내에서도 제법 방귀깨나 뀐다는 자들만 출입할 수 있는 곳에서 버젓이 앉아 식사를 한 것이다. 그것도 모자라 시끌벅적 떠들기까지 했으니 사람들의 시선을 끄는 건 당연했다.

세 사람은 소리가 난 곳으로 천천히 고개를 돌렸다. 강퍅한 인상에 귀면검 한 자루를 가슴에 품은 매부리코가 날카로운 기도의 무인 대여섯 명을 이끌고 탁자 앞에 서 있었다.

'여제문?'

살극달은 단번에 그를 알아보았다.

여제문도 살극달을 알아본 것 같았다.

그가 말했다.

"누군가 했더니 너였군. 간밤엔 수고 많았다. 따로 포상이 있을 것이다."

"고맙소."

"포상은 포상이고, 여긴 너희 같은 하급무사들이 앉을 수 있는 자리가 아닌데?"

"어쩌다 보니 그렇게 되었소이다."

살극달은 계급 낮은 거지가 계급 높은 거지에게 나무 그늘을 양보하듯 남은 음식들을 주섬주섬 챙기며 일어섰다. 그러면서 작은 소리로 중얼거렸다.

"밥 먹을 땐 개도 안 건드린다는데."

탁자 위에는 닭 뼈가 수북하게 쌓여 있었고, 여제문 일행 역시 굳이 그 자리에 앉겠다는 뜻으로 한 말은 아니었다.

하지만 결과적으로 중인들에게는 윗사람이 아랫사람을 핍박해 자리를 빼앗는 듯한 분위기가 되어버렸다. 이게 혈랑대 고수들의 심사를 뒤틀리게 만들었다.

"누가 네놈더러 자리를 양보하랬더냐!"

여제문과 함께 온 뾰족턱이 살극달을 향해 눈알을 부라렸다. 살극달은 한차례 뾰족턱을 노려보고는 다시 자리에 앉았다. 그리고 이들은 자신이 어떻게 하든 시비를 걸 거라는 걸 느꼈다.

뾰족턱의 표정이 더욱 일그러졌다.

자하부의 규율은 엄격하다.

윗사람을 앞에 두고 감히 아랫사람이 자리에 앉아 있는 것은 상상조차 할 수 없었다.

"이분이 뉘신 줄 알고! 당장 예를 갖춰라!"

"뉘시오?"

"혈랑대의 십인장 여제문 조장님이시다. 아무리 이제 갓 무관을 통과한 자들이라고 해도 그렇지, 당장 상관에 대한 예를 갖춰라."

"우리가 자하부에 적을 두긴 둔 거요?"

"무슨 말이냐?"

"나흘째 객방에 넣어두고 감감무소식이기에 난 또 우리가 식객인 줄 알았소이다."

여제문이 나타나는 순간부터 집중되었던 좌중의 사람들이 와자지껄 웃음을 터뜨렸다. 그들도 눈이 있고 귀가 있으니 무관을 치를 때 이공자 쪽 사람들이 장난을 쳐 일공자 쪽 사람들을 엿 먹인 사건을 알고 있었다.

다만 그 당사자들이 누구인지 몰랐는데, 살극달과 뾰족턱의 대화를 듣다 보니 자연적으로 유추를 하게 된 것이다.

딱히 자신을 두고 비웃은 것도 아닌데 뾰족턱의 얼굴이 시뻘게졌다. 곁에 있던 여제문이 얼음장 같은 목소리로 말했다.

"모욕을 당했다고 생각하나?"

"어떻게 생각할 것 같소?"

뾰족턱이 발끈하며 검파를 잡아갔다.

여제문이 그런 뾰족턱을 한쪽 팔로 제지하며 말했다.

"제법 기백이 있는 친구로군. 하지만."

여제문은 잠시 사이를 두고 좌중을 한차례 훑더니 더욱 차가운 목소리로 끊어지듯 말을 이었다.

"무인의 가치는 검으로 말하는 법이다."

"내가 쓸 만한 실력을 지니지 못했다는 뜻이오?"
"아니라고 생각하나?"
"그런데 왜 합격을 시켰소?"
"……!"

좌중이 싸늘하게 식었다.

여제문이 이공자 막수혼의 사주를 받아 농간을 부렸다는 건 이미 알 만한 사람들은 모두 알고 있었다.

지금은 서로가 대놓고 전쟁하는 중이라 누구나 알지만 또 직접적으로 언급하기 어려운 게 바로 이런 종류의 문제였다.

한데 당사자인 살극달이 그걸 면전에서 따지고 나선 것이다.

장자이와 매상옥의 얼굴도 딱딱하게 얼어붙었다.

처음 여제문이 수하들을 이끌고 나타났을 때부터 살극달이 이상하게 삐딱선을 탄다 싶더니, 이제는 아예 대놓고 도발을 하고 있다. 장자이와 매상옥은 도무지 그 이유를 알 수가 없었다.

여제문은 혈랑대 내에서도 수위를 다투는 고수, 결코 가볍게 볼 상대가 아니었다. 그런 자를 사람들이 보는 앞에서 개망신을 주었으니 좋게 풀리기는 애초에 글렀다. 한데 여제문은 무슨 생각에선지 희한한 말을 했다.

"아직 연락을 받지 못했나 보군. 너흰 오늘 아침부로 백호당으로 배속되었다."

좌중이 태풍을 맞은 것처럼 소용돌이쳤다.

사람들은 의아한 표정을 감추지 못했다.

청룡당의 뒤에 일공자가 버티고 있는 것처럼 백호당의 뒤에는 이공자가 버티고 있다. 쉽게 들어갈 수 있는 곳이 아니라는 얘기다.

저런 삼류무사들에게 왜 그런 기회를 주는지는 모르겠으나 파격적인 인사임에는 분명했다.

한데 살극달은 생각이 다른 것 같았다.

"난 백호당으로 지원하지 않았습니다만."

"너희에겐 그럴 권한이 없다."

"그건 그쪽 사정이고."

"나오는 대로 막 뱉지 말고 생각을 좀……."

장자이가 하얗게 질린 얼굴로 목소리를 쥐어짰다. 백호당에 들어가느냐 마느냐가 중요한 게 아니었다. 면전에서 여제문을 저토록 면박을 주는 상황 자체가 문제였다.

미치지 않고서야 왜 저런 짓을 하는가.

장자이와 매상옥은 이러지도 저러지도 못한 채 엉거주춤 눈알만 굴렸다. 모진 놈 곁에 있다가 날벼락 맞는다더니 지금 자신들이 꼭 그 짝이었다.

이럴 땐 그저 찌그러져 있는 게 상수였다.

장자이와 매상옥은 난 모르겠다는 듯 혹은 자신들은 살극달과 별로 친하지 않다는 듯 슬그머니 뒤로 빠져 버렸다.

여제문은 두 사람은 아랑곳하지 않고 다시 살극달에게 물었다.

"넌 무관을 치렀고, 그건 곧 자하부의 사람이 되었다는 걸 의미한다. 자하부는 네게 백호당의 편입을 명했다. 만약 거절한다면 불복종의 죄로 다스리겠다. 불복종은 결코 간단한 문제가 아니다."

"내게도 그렇게 간단한 문제가 아니오."

즉각 돌아오는 반박에 여제문이 눈동자를 희번덕거렸다. 말의 내용을 떠나 계속되는 살극달의 불손한 태도가 못마땅했다.

살극달이 재우쳐 말했다.

"우리 같은 졸자들은 모름지기 우두머리를 잘 만나야 하오. 자칫 싹수없는 우두머리를 만났다간 방귀 한 번 제대로 뀌어보기도 전에 칼받이가 되어 인생 종치는 거외다."

"지금 무슨 말을 하자는 건가?"

여제문이 어금니를 꽉 깨물며 말했다. 덕분에 그의 목소리는 좀 전보다 훨씬 사나워졌다.

"자하부가 예전처럼 통일된 하나의 조직이라면 모를까, 누구나 알다시피 지금은 그렇지 않잖소? 그러니 누구도 우리에게 그것까지 강요할 권리는 없다는 거지."

"부간부념통(附肝附念通)할 작자로군."

"오히려 그 반대인 거요. 한번 선택을 하면 배신할 수 없기에 신중한 거지. 그쪽이라면 이해할 줄 알았는데?"

"무슨… 뜻이지?"

"당신은 분명 자하부의 명을 받드는 자하부의 무사지만 이 공자의 허락 없이는 누구도 당신을 움직일 수 없잖소. 그런 당신과 내가 무슨 차이가 있는지 설명해 줄 수 있겠소?"

살극달의 거침없는 언사에 좌중의 사람들은 놀라움을 넘어 두려움을 느꼈다.

누구나 알지만 일부러 모른 척하는 자하부의 위험한 역학 구도를 이제 갓 입문한 무사가 이렇게 적나라하게 까발리는 것은 미친 짓이나 다름없었다. 아니면 간이 배 밖으로 나왔거나.

"이런 건방진 새끼!"

뾰족턱이 기어이 귀면검을 뽑았다.

살극달은 모르고 있었지만 그는 신무광이라는 자로 여제문의 오른팔이었다. 하지만 신무광은 더는 움직이질 못했다. 어느새 낫 하나를 뽑아 든 매상옥이 신무광의 목을 휘감고 있었기 때문이다.

매상옥의 가세에 장자이는 눈이 휘둥그레졌다. 줄곧 불구경하듯 서 있던 그가 갑자기 나설 줄은 꿈에도 몰랐던 것이다.

"미쳤어? 당신까지 왜 이래?"

"젠장. 나도 모르게 본능적으로 그만."

신무광이 검을 뽑자 가장 가까이에 있던 매상옥이 저도 모르게 본능적으로 출수한 것이다. 매상옥은 출수를 하자마자 후회가 되어 죽겠다는 표정을 지었다. 하지만 그러면서도 낫을 거두려고는 하지 않았다. 그러기엔 너무 늦은 것이다.

"내가 미쳐!"

말은 그렇게 했지만 장자이도 어느새 소월도를 뽑아 혈랑대와 대치했다.

여제문과 혈랑대의 대원들, 그리고 좌중의 구경꾼들은 어이가 없었다. 꼼수에 의해 무관을 통과한 삼류무사들인 줄을 뻔히 아는데, 그것도 겨우 셋이서 감히 혈랑대와 맞서려고 하다니.

여제문은 여제문대로 거지나 다름없는 작자들에게 개망신을 당한 터라 분노가 머리끝까지 솟구쳤다.

하지만 오히려 잘된 일인지도 모른다.

'이참에 깨끗이 쓸어버리는 것도 나쁘지 않지.'

애초 여제문의 의도는 살극달을 건드려 정체를 알아보려는 것이었다. 하지만 사태가 이상하게 흘러가더니 급기야 칼을 뽑는 지경에까지 이르렀다.

상관없었다.

삭초제근(削草除根), 뭔가 찝찝한데 그 이유를 알 수 없을 땐 아예 뿌리째 뽑아버리면 된다. 그와 혈랑대는 항상 그렇게 해왔고, 그게 지금까지는 가장 확실하고도 빠른 방법이었다.

자하부의 무관을 통과한 터에 감히 상관에게 칼을 겨누었으니 이만하면 명분도 충분했다.

  여제문의 입가에 비릿한 미소가 걸렸다.

  그가 말했다.

  "일벌백계로 다스려라. 뒷일은 내가 책임진다!"

  여제문의 말이 끝나기가 무섭게 그의 수하들이 귀면검을 뽑아 들고는 좌우로 거리를 벌렸다. 단숨에 살극달을 비롯한 세 사람을 에워싼 그들이 거리를 좁히며 다가왔다. 일촉즉발의 순간, 어디선가 날카로운 목소리가 들려왔다.

  "멈춰!"

사람들이 일제히 소리가 난 쪽으로 고개를 돌렸다. 입구에서 눈이 번쩍 뜨일 정도로 아름다운 여인이 십여 명의 무사들과 함께 청와각으로 들어서고 있었다.

오공녀 조빙빙이 상단의 무사들을 이끌고 나타난 것이다.

그녀의 등장에 좌중이 술렁이기 시작했다.

뇌정신군의 진전을 이은 다섯 명의 기재 중 한 명인 조빙빙은 결코 쉽게 만나볼 수 있는 사람이 아니었다.

사람들은 그녀의 빼어난 아름다움에 놀랐고, 출중한 기도에 또 한 번 놀랐다. 그리고 뒤늦게 조금 전 그녀가 한 말을 떠올리고는 충격에 빠졌다.

조빙빙은 여제문의 수하들이 병기를 뽑아 든 채 대치한 가운데로 스스럼없이 걸어갔다. 그녀가 가까워지자 혈랑대의 대원들이 저도 모르게 주춤주춤 물러나며 거리를 벌렸다.

제아무리 자하부가 전쟁 중이라지만 누가 감히 오공녀에게 병장기를 겨눌 수 있을 것인가.

조빙빙의 뒤를 따라온 상단의 무사들이 방위를 정하면서 장내는 자연스럽게 혈랑대와 상단무사들의 대치로 바뀌었다.

여제문과 독대한 조빙빙이 말했다.

"이 사람들, 내가 데려가겠어."

여제문은 살극달을 잠깐 일별한 후 공손한 자세로, 그러나 단호하게 말했다.

"안 됩니다."

"왜지?"

"그는 이미 백호당으로 배정이 됐습니다."

"다시 배정해."

"한번 결정이 난 사항을 번복하면 전체 기강에 문제가 생깁니다."

"자미원의 앞마당에서 칼을 가는 혈랑대가 기강을 걱정할 입장은 아닌 것 같군. 다시 배정해."

여제문은 호락호락하지 않았다.

그는 즉답을 피한 채 오히려 조빙빙을 은근히 나무랐다.

"아무리 오공녀시라고 할지라도 이러시면 곤란합니다."

오공녀라는 극존칭을 썼음에도 여제문의 말투는 불손했다. 결국 지위를 이용해 함부로 나서지 말라는 뜻이 아닌가.

삼류무사 세 명을 데려가는 게 그다지 큰 의미가 없고 보면, 여제문의 이런 행동은 사실 조빙빙에 대한 도전이었다. 중인들이 보고 있는 터라 기 싸움을 통해 자하부의 권력이 이 공자에게로 향하고 있음을 은연중에 드러내려는 것이다.

"네 말처럼 오공녀의 권위로 말하지. 당장 수하들을 물려라."

"다시 말씀드리지만 불가합니다."

두 사람의 신경전은 그대로 혈랑대와 상단무사들에게로 옮겨졌다. 서로가 칼을 겨눈 채 금방이라도 살수를 펼칠 것 같은 팽팽한 긴장감이 흘렀다.

그때, 또 한 사람이 등장했다.

왜소한 체구에 구역질이 날 정도로 못생긴 사내였다. 그는 조빙빙과 여제문의 다툼이 벌어지는 현장으로 콧김을 팽팽 뿜으며 저벅저벅 걸어왔다.

뒤늦게 중인의 시선을 느낀 여제문이 뒤로 고개를 꺾는 순간, 새롭게 등장한 사내가 발을 쭉 뻗었다.

밑도 끝도 없는 공격이었다.

여제문도 녹록지 않았다.

그는 찰나의 순간 철판교(鐵板橋)의 수법을 발휘, 허리를 사정없이 꺾었다. 동시에 좌장으로 바닥을 치며 솟구쳤다. 그때쯤엔 그의 검갑에서 귀면검이 반쯤 뽑힌 상태였다.

하지만 왜소한 체구의 추남은 더욱 녹록지 않았다. 그는 벼락처럼 회전하며 팔꿈치로 여제문의 등을 사정없이 찍었다.

퍽!

둔탁한 소리와 함께 여제문의 등이 뱃전에 올라온 생선처럼 위로 휘었다. 하지만 그는 과연 독종이었다. 등뼈가 짜르르 울리는 극통의 와중에도 기어이 검을 뽑아 휘둘렀다. 하지만 그 위력은 온전할 수가 없었다.

귀면검을 머리 위로 가볍게 흘려보낸 추남의 돌덩이 같은 장권이 여제문의 옆구리를 연속적으로 파고들었다.

퍼퍽!

"흐읍!"

단말마와 함께 여제문의 상체가 고꾸라졌다.

추남이 다시 한 번 여제문의 하박에 발을 꽂아 넣었다. 동네 개를 걷어차듯 가벼운 발길질이었지만 그 위력은 실로 간단치 않았다.

퍼억!

느닷없이 가해진 막강한 압력을 견디지 못한 여제문은 석 장이나 쭉 밀려난 끝에 탁자에 부딪쳐 쓰러졌다.

술과 음식이 그의 머리 위로 와르르 쏟아졌다.

날벼락을 맞은 여제문이 그 와중에도 벌떡 일어나며 검과를 쥐어갔다. 하지만 그가 검을 뽑는 것보다 먼저 시커먼 그림자가 날아들어 하복부를 걷어찼다.

추남의 섬전 같은 발길질에 여제문은 다시 한 번 고꾸라질 수밖에 없었다. 쓰러진 그의 몸 위로 무자비한 발길질이 가해졌다.

퍽! 퍽! 퍽! 퍽!

"이런 개자식을 봤나! 고작 십인장 주제에 오성군을 무시해도 분수가 있지. 그깟 족보도 없는 작자들 셋 데려가는 게, 그게 그렇게 월권이야?"

추남은 구타와 함께 욕설을 거침없이 퍼부었다.

경황 중에도 여제문은 급소를 가격당하지 않기 위해 벌레처럼 몸을 웅크렸다. 입가에선 피가 철철 흐르고, 눈두덩은 시퍼렇게 부어올랐으며, 팔은 빠졌는지 한쪽이 축 늘어졌다.

그는 추남의 상대가 아니었다.

장내에는 여제문과 함께 온 혈랑대의 대원들이 여럿 있었지만, 또한 모두가 검을 뽑은 상태였지만 아무도 나서서 제지하지 못했다.

상단의 무사들이 날카로운 기세로 대치하고 있기 때문만은 아니었다. 자신들의 상관인 여제문을 구타하는 사람이 다름 아닌 삼공자 엽사담이었기 때문이다.

엽사담의 일방적인 구타는 조빙빙이 그의 팔을 붙잡아서야 겨우 끝이 났다.

돌발적인 상황에 살극달과 장자이, 매상옥은 그저 멍한 눈으로 구경만 하고 있을 수밖에 없었다.

그때 또 다른 돌발 상황이 발생했다.

청와각의 서쪽 문으로 빙기옥골의 미공자가 다급하게 나타났다. 그 준수한 용모가 어찌나 인상적인지 식당 안에 있던 여자들이 저도 모르게 탄성을 쏟아냈다.

그는 이공자 막수혼이었다.

필시 여제문이 엽사담에게 얻어터지는 장면을 목격한 이공자 쪽 사람 누군가가 고변을 한 것이다.

장내로 성큼성큼 들어선 막수혼은 쓰러져 꺽꺽거리는 여제문을 일별한 후 엽사담을 향해 눈알을 부라렸다.

"내가 납득할 만한 이유를 대지 못하면 넌 오늘 내 손에 죽는다."

"자하부의 제자로서 아랫것들 기강 한번 잡았기로서니 사제를 죽이겠다는 거요?"

"네놈이 나를 사형이라 생각했다면 이런 짓을 하지도 않았겠지."

엽사담은 즉답을 피한 채 피식 웃었다.

그 광경을 본 막수혼의 얼굴이 더욱 일그러졌다.

"웃어? 나를 이렇게 엿 먹여놓고 웃어?"

"재밌지 않소? 엄격히 말해 혈랑대는 막 사형의 수하들이 아니오. 자하부의 명을 받드는 엄연한 자하부의 수하들이지.

한데 사형은 지금 직속수하가 다친 양 흥분을 하고 있잖소."

"내가 엄격하게 조련하지 않았던들 오늘의 혈랑대가 있을 것 같으냐."

"그것도 그렇긴 하구려. 어찌 됐든, 내가 지나친 면이 있었소. 저 친구가 제아무리 큰 실수를 저질렀어도 때리기 전에 최소한 사형께는 허락을 구했어야 하는 게 옳습니다. 아니, 그게 아니라 사형께서 직접 놈을 처단하시도록 하는 게 맞겠군요. 그러니 저도 잘한 게 없지요. 그래서 말인데……."

엽사담이 갑자기 말을 끊고는 막수혼을 노려보았다. 그가 이글거리는 눈동자에 더욱더 힘을 주며 말했다.

"저 개자식이 다시 한 번 사매를 모욕하면 그땐 꼭 사형을 찾아뵙지요."

여제문을 때리는 게 아니라 막수혼을 찾아가 따지겠다는 뜻이다. 그 따짐이 말로만 이어질 리 없었다.

막수혼의 눈동자가 착 가라앉았다.

그는 가타부타 않고 한동안 엽사담을 노려보더니 천천히 세 걸음을 물러났다.

그리고 검파를 쥐어갔다.

스르릉!

맑은 쇳소리와 함께 넉 자 반의 장검이 시퍼런 예광을 토해냈다. 전날 뇌정신군이 제자들에게 하사한 다섯 개의 보검 중 하나 자운(紫雲)이었다.

"굳이 나중으로 미룰 필요는 없겠지."

"실망이오. 난 적어도 사형이 한 번쯤은 사매의 마음을 어루만져 줄 줄 알았소."

"여제문이 실수를 한 게 있다면 그건 따로 징치를 하마. 하지만 네 오만불손한 행실은 내 오늘 반드시 바로잡아야겠다."

"정 그렇다면 어쩔 수 없지."

스르룽!

엽사담도 기어이 검을 뽑았다.

검신을 따라 혈조(血漕)가 길게 파인 이 검의 이름은 적명(赤明). 역시 사부인 뇌정신군으로부터 하사받은 검이다.

뇌정신군이 제자들에게 보검을 하사했을 때는 서로를 향해 겨누라고 한 것은 아닐 것이다. 하지만 지금은 서로가 한 치의 양보도 없이 자존심을 건 대결을 펼치려 하고 있었다.

조빙빙은 말리지 않았다.

이제 그러고 싶지 않았다.

몰려든 사람들은 이제 백여 명을 훌쩍 넘었다.

그들 중 상당수는 외부에서 온 식객이었다. 외부인이 보는 앞에서 함부로 칼을 빼 든 두 사람이 조빙빙은 한심해 보였다.

자하부의 이름 따위는 안중에도 없단 말인가.

조빙빙의 이런 생각과는 별도로 좌중의 사람들은 그야말

로 손에 땀을 쥐었다.

 자하부를 경동시키고 있는 오성군 중 이공자와 삼공자에 이어 오공녀까지 한자리에 모였다. 이런 거물들을 한자리에서 본다는 것은 극히 어려운 일이었다.

 한데 그것으로도 모자라 이공자와 삼공자가 칼을 뽑아 들고 서로를 죽일 듯이 노려보고 있다.

 나이가 젊어서 그렇지 뇌정신군의 진전을 이은 절정의 고수들이었다. 그런 강자들의 싸움이니 얼마나 대단할 것인가. 또 그 후폭풍은 어떻게 펼쳐질 것인가.

 좌중이 찬물을 끼얹은 듯 고요한 가운데 막수혼과 엽사담의 전신에서 뿜어져 나온 강렬한 투기가 장내를 팽팽하게 만들었다.

 일촉즉발의 순간, 또 한 사람이 식당 안으로 들어섰다. 사람들의 시선이 일시에 그에게로 쏠렸다.

 목이 두껍고, 짙은 눈썹이 칼처럼 뻗었으며 그 아래 자리 잡은 호안(虎眼)이 보는 이로 하여금 절로 침을 삼키게 만드는 강인한 인상의 소유자, 일공자 이천풍이었다.

 노룡을 대동하고 나타날 때와 달리 백의 장삼에 학사풍의 청건을 썼는데, 강인함에 덧붙여 청수한 면모까지 있었다.

 이천풍의 등장에 좌중에서 가느다란 탄성이 쏟아졌다. 오성군의 첫째이자 뇌정신군으로부터 이어받은 진전을 가장 높은 경지까지 이룩했다는 검사가 아닌가.

그가 등장하는 순간 조빙빙이 눈동자를 가늘게 떨다가 고개를 돌리는 것을 살극달은 놓치지 않았다.

막강한 위엄을 뿜어내며 등장한 이천풍은 장내의 무인들을 썰물처럼 가르며 살벌하게 대치하고 있는 엽사담과 막수혼에게로 다가갔다.

그리고 조빙빙을 포함, 그들 세 사람을 아우르며 말했다.

"만나자마자 주먹다짐이냐? 대충 하고 앉아라. 오늘은 내가 한잔 사마."

"이게 주먹다짐으로 보이시오?"

막수혼이 실눈을 뜨며 물었다.

"그게 아니면?"

이천풍이 막수혼을 무섭게 바라보았다.

단순히 시선을 준 것뿐인데도 산악 같은 압력이 뿜어져 나와 막수혼을 짓눌렀다. 막수혼은 눈을 사납게 치켜떴지만 감히 반박하지 못했다.

사형이라는 위치를 떠나 이천풍에겐 상대를 압도하는 위엄이 있었다.

옛날부터 그랬다.

똑같이 사사하고 똑같이 수련해도 이천풍에겐 언제나 넘을 수 없는 벽 같은 것이 존재했다.

강한 사람이 꼭 이기는 것은 아니지만.

막수혼이 선뜻 검을 회수하지 못하고 어정쩡하게 있을 때 엽사담이 발 빠르게 움직였다. 그는 아무렇지도 않은 듯 검을 갈무리해 검갑에 꽂아 넣으면서 너스레를 떨었다.

"천풍 사형은 안 본 사이에 신수가 훨씬 훤해지셨습니다."

"본시 얼굴은 내가 너보다 좀 낫지."

"부정하고 싶은데 차마 입이 안 떨어지네. 확실히 인물은 천풍 사형이 저보다 낫긴 하지요."

"그렇게 쉽게 인정해 버리면 내가 옹졸한 놈이 되잖느냐."

"바로 그겁니다. 인물은 사형이 나을지 몰라도 인품은 내가 좀 낫지요. 안 그렇습니까?"

"영악한 놈."

이천풍의 입가에 미소가 번졌다.

엽사담도 실실거리며 웃었다.

엽사담과 이천풍이 나란히 웃어버리자 막수혼도 더는 버틸 재간이 없었다. 그는 입술을 씰룩거리면서도 검을 회수할 수밖에 없었다.

엽사담이 그런 막수혼을 향해 포권지례를 했다.

"아까도 말했지만 확실히 내가 좀 심했소."

"마음에도 없는 소리 마!"

"막 사형은 다 나쁜데 그게 제일 나쁘오. 뒤끝 오래가는 거."

"세 치 혀로 어물쩍 넘어갈 수 있을 거라 생각하면 오산이다. 이번 일에 대한 책임은 확실하게 물을 테니 그리 알고 있어."

 막수혼이 수하들과 함께 찬바람을 일으키며 식당을 나가버렸다.

 한바탕 칼부림이 일어날 듯하다 조용히 해결되어 버리자 좌중은 다시 평온을 되찾았다. 하지만 사람들은 흩어지지 않았다.

 일공자, 삼공자, 오공녀는 존재하는 것만으로도 사람들에게 충분한 구경거리였다.

"모두 앉아라. 오늘은 코가 삐뚤어질 때까지 마셔보자."

 사람들의 시선 따윈 아랑곳하지 않는 듯 이천풍의 의자를 빼고 앉으며 말했다.

 맞은편에 살극달이 앉아 있었다.

 원래부터 살극달 일행의 탁자였는데 저간의 사정을 모르는 이천풍은 엽사담과 조빙빙이 있는 걸 보고 그냥 앉아버린 것이다.

 자리에 앉은 이천풍은 원래부터 털털한 성격인지 아니면 의도적인 행동인지 살극달이 마시다 만 술병을 집어갔다.

"빈병입니다."

 살극달이 말했다.

 이천풍은 술병을 짤랑짤랑 흔들어보더니 말했다.

"정말이군."

 이천풍은 점소이를 손짓해 부르더니 살극달로서는 들도

보도 못한 온갖 요리를 주문했다. 그리고 말미에 '내가 마시던 거 있지?'라며 한마디를 덧붙였다.

구경꾼의 시선을 의식한 점소이가 동귀루로 자리를 옮기시는 게 어떻겠냐고 조심스럽게 물었지만 이천풍은 손을 휘휘 저으며 번거롭다는 시늉을 했다.

작은 손짓 하나에도 평생을 군림해 온 자의 위엄이 자연스럽게 배어 있었다.

점소이가 허리가 부러지도록 인사를 한 후 쪼르르 사라지자 이천풍이 살극달을 돌아보며 물었다.

"난 이천풍이오. 그쪽은?"

"살극달이오."

"살극달? 그게 이름이오?"

"이름이 아니라 성이외다."

"성? 그럼 이름이 따로 있단 말이오?"

"그냥 살극달이라 부르시오."

"그게 낫겠군. 그나저나 간밤에 아주 재밌는 일이 있었다지요?"

장자이, 매상옥의 눈동자가 실처럼 가늘어졌다.

간밤에 자미원으로 자객들을 보낸 자들 중 가장 의심을 받는 사람이 일공자다. 삼공자는 애초에 권력 싸움에서 밀려났고, 이공자는 혈랑대를 통해 자미원을 지키고 있다. 그러니 남은 사람은 일공자 하나밖에 없었다.

오성군(五聖君)을 만나다

동기도 충분했다. 너무나 확실해서 오히려 이상한, 그런 자가 살극달에게 저런 질문을 할 때는 무언가 떠보려는 속셈이지 않겠는가.

"그게 재밌는 일이오?"

살극달이 반문했다.

자객 십여 명이 자미원을 침투해 부주인 독고설란을 죽이려 했다. 위험하고 섬뜩한 일이지 결코 재밌는 일이 될 수 없는 것이다.

곁에서 지켜보던 장자이와 매상옥의 얼굴이 노래졌다. 여제문을 그만큼 욕보였으면 됐지 왜 이천풍에게까지 대립각을 세우는가.

그때 점소이가 술을 가져왔다.

호리병을 받아 든 이천풍이 새로운 잔에 술을 따르며 혼잣말을 했다.

"재밌는 친구군."

지극히 건조한 목소리였다.

희로애락의 감정이 섞이지 않은 목소리야말로 가장 위험한 목소리라는 걸 장자이와 매상옥은 본능적으로 알고 있었다. 고수들은 싸움에 앞서 자신의 감정부터 숨기는 법이니까.

"한잔하겠소?"

이천풍이 대답도 기다리지 않고 살극달의 잔에 술을 채웠다. 사람들의 시선은 자연스럽게 살극달을 향했다. 무관을 통과한 후 아무에게도 환영받지 못하고 저절로 잊힌 삼류무사 따위에게 이천풍이 왜 저런 호의를 베푸는지 그들로서는 알 수가 없었다.

살극달은 술잔을 집어 단숨에 입안에 털어 넣었다. 술이 식도를 타고 넘어가면서 맑은 가운데 한줄기 알싸한 향기가 온몸으로 퍼지는 것 같았다.

"심상치 않은 술인 듯하군요."

"알아맞혀 보겠소?"

"나도 그러고 싶은데 타고난 입이 천박해서 말이외다."

"섬사주(蟾蛇酒)라는 놈이오. 두꺼비를 삼킨 독사를 잡아 공기가 들어가지 않도록 흙으로 봉해 빚은 술이지."

"좋은 술이 아니라 귀한 술이군요."

이천풍이 가볍게 웃더니 살극달의 잔에 다시 술을 채우며 말했다.

"아까 그 말은 인상적이었소."

"무엇이 말이오?"

"졸자의 운명은 어떤 우두머리를 선택하느냐에 달렸다는 말."

좌중이 서리를 맞은 듯 고요해졌다.

살극달이 그 얘기를 할 때 이천풍은 분명 자리에 없었다. 그렇다면 오고 있는 와중에 식당 안의 소리를 들었다는 얘기가 된다.

그가 나타난 시각과 살극달이 말을 한 시각의 차이를 고려하면 이는 어지간히 내공이 깊어도 좀처럼 어려운 일이었다. 사람들은 이천풍의 심후한 내공에 조용히 혀를 내둘렀다.

이천풍이 다시 물었다.

"그쪽도 노룡의 소문을 듣고 왔소?"

"오는 중에 듣긴 했소이다."

"하면 금검장의 무사가 되고 싶소?"

말인즉슨, 백호당으로 가라는 여제문의 제안을 거절한 것이 금검장을 노린 포석이 아니었냐는 뜻이다.

이천풍, 장자이, 매상옥, 그리고 조빙빙의 시선이 동시에 살극달을 향했다.

좌중의 시선도 살극달을 향했다.

자하부에서 자신들의 필요에 따라 살극달을 배정하는 게 아니라, 살극달이 자하부의 어느 쪽으로 갈지 선택을 한다는 작금의 상황이 도무지 이해가 되지 않았지만 이상하게 궁금하긴 했다.

살극달이 대답하기도 전에 이천풍이 재우쳐 말했다.

"원한다면 금검장에서 당신을 받아줄 수도 있소. 내 수하가 되면 그땐 말을 놓아도 될까?"

사람들은 충격에 빠졌다.

일공자 이천풍이 직접 나서서 권유를 한다는 건 있을 수가 없는 일이었다.

대체 저 후줄근한 사내가 무엇이기에.

이천풍은 그에게서 무엇을 보았기에.

한데 살극달은 아주 뜻밖의 말로 이천풍의 말을 받았다.

"이상하군요."

"뭐가 말이오?"

"간밤에 정체를 알 수 없는 자객들이 자미원에 침투했소이다. 자하부의 사람이라면 일단 그것에 대해 물어야 정상 아닐까요?"

좌중이 쩌정쩡 얼어붙었다.

뇌정신군의 죽음 배후에 있을 거라고 의심되는 사람들 중 일공자 이천풍은 가장 유력한 인물이었다. 그런 상황에서 이런 질문은 매우 위험했다.

자칫 목이 날아가도 할 말이 없는 것이다.

한데 이천풍은 표정 하나 변하지 않고 가볍게 웃으며 말했다.

"자하부에는 눈이 많지. 대답이 되었소?"

"내가 대답할 말은 아닌 것 같군요. 내게 물을 말도 아니고."

살극달은 간단하게 정리를 한 후 일어섰다.

일공자 이천풍을 눈앞에 두고 이제 갓 입문한 자가, 그것도 정식으로 배속도 되지 않은 삼류무사가 먼저 자리를 뜬다는 건 상상도 할 수 없는 일이었다.

사람들은 엽사담과 막수혼이 칼을 뽑아 들고 대치할 때보다도 더 강한 긴장감을 느꼈다.
 장자이와 매상옥은 모골이 송연했다.
 반면 엽사담과 조빙빙은 속내를 짐작할 수 없는 묘한 표정으로 살극달의 뒷모습을 보았다.
 "그래서 거취는 정했소?"
 이천풍이 걸음을 옮기는 살극달을 향해 물었다.
 중인의 시선이 다시 한 번 살극달의 입을 향했다.
 살극달은 사람들을 일별한 후 조빙빙을 바라보며 짧고 간단하게 말했다.
 "내가 지낼 곳은 어디오?"

 살극달과 장자이, 매상옥은 어깨를 나란히 하며 어딘가로 향했다. 세 사람으로부터 대여섯 장쯤 떨어진 곳에서는 조빙빙이 홀로 앞서 가고 있었다.
 장자이가 모기만 한 소리로 속삭였다.
 "아까 졸자는 모름지기 우두머리를 잘 만나야 한다더니."
 "그래서?"
 "우리가 지금 어디로 끌려가는지 몰라서 그래요? 오공녀는 우릴 거둘 생각이 없다고요."
 장자이의 말처럼 조빙빙은 세 사람을 그녀의 상단이 아닌 자미원으로 이끌고 있었다. 사공녀 독고설란의 거처이자 현 자하부에서 가장 위험한 곳이었다.

"오공녀 밑으로 들어갈 생각이었으면 따라오지도 않았어."

"그럼 자미원으로 갈 걸 알고도 따라나섰단 말이에요? 그게 무슨 의미인지 몰라요?"

"우두머리가 누군들 무슨 상관이야. 내가 잘 키우면 되지."

"무슨 돼지 치는 것처럼 말하네. 그리고 아까랑 말이 다르잖아요."

"내가 그랬나?"

"그걸 지금 말이라고 해요?"

"그러는 넌 왜 따라왔어?"

"그쪽이 그 난리를 피웠는데 그놈들이 우린들 가만 놔두겠어요?"

"너도?"

살극달이 매상옥을 돌아보며 물었다.

"이유는 다르지만, 내게도 선택의 여지가 없었소."

"그건 또 무슨 말이야?"

장자이가 의아한 표정으로 매상옥을 보았다.

매상옥이 어금니를 빠드득 갈더니 말했다.

"그걸 몰라서 그래?"

"아, 맞다. 해독제."

오성군(五聖君)을 만나다

장자이가 뒤늦게 생각난 듯 눈을 동그랗게 떴다.

 그런 장자이를 보며 매상옥은 살기를 끌어올렸다. 의도적인 살기가 아닌 자신도 모르는 사이에 저절로 끓어오른 살기였다.

 그럴 만도 했다.

 지금 매상옥은 몽혼산에 중독되었고, 그 해독제는 장자이가 갖고 있다. 적이 되면 장자이가 매상옥에게 해독제를 줄 리 만무했다.

 장자이를 제외하면 살극달만이 유일한 희망인데, 그마저 오공녀를 따라나섰으니 이러나저러나 매상옥으로서는 선택의 여지가 없었던 것이다.

 "해독제는 언제 줄 거야?"

 "당신 하는 거 봐서."

 "아까랑 말이 다르잖아!"

 "내가 그랬나?"

 "그걸 지금 말이라고 해!"

 살극달을 흉내 내는 장자이의 대답에 매상옥의 얼굴이 썩은 간처럼 시커메졌다.

 "사내자식이 왜 그렇게 성급해. 이쪽을 좀 봐. 같이 중독됐는데도 여유롭잖아."

 장자이가 살극달을 가리키며 말했다.

 "최악의 경우 저쪽은 스스로 해독제를 만들 수도 있잖아.

나랑은 입장이 다르다고!"

"그걸 아는 사람이 그래?"

매상옥이 다시 어금니를 빠드득 갈았지만 장자이는 태연히 걸음을 재촉해 살극달과 어깨를 나란히 했다. 그리고 물었다.

"왜 하필 사지로 자처해 가는 거죠?"

"사지?"

"사공녀는 머지않아 죽어요. 그들이 사공녀를 죽이면서 그녀를 보필한 우리라고 살려둘 것 같아요?"

"그러는 넌 왜 날 따라온 거야?"

"아까 대답했잖아요."

"그게 전부야?"

장자이는 속으로 뜨끔했다.

사실 그녀는 처음부터 도둑질을 하기 위해 자하부로 들어왔다. 저간의 사정은 이랬다. 오래전 산동 지방을 여행하던 중 그녀는 이쪽 업계에서는 입지전적인 인물로 불리는 어느 신투에게 재미난 이야기 한 가지를 들었다.

"우리 신투들 사이에서는 오래전부터 떠도는 이야기가 하나 있지. 남무림의 자하부라는 곳에 가면 자하삼보(紫霞三寶)라는 무가지보(無價之寶)가 있는데 그중 하나라도 손에 넣는다면 삼대가 팔자를 바꿀 수 있다고 말이야. 하지만 아무도 성공한 사람이 없어.

자하부의 경계가 삼엄한 탓도 있지만 자하삼보에 관한 한 한 가지 이야기가 더 따라다니거든. 그건 자하삼보가 피를 부르는 귀물이라는 거야. 삼대가 팔자를 바꿀 수도 있지만, 인연이 없는 사람의 손에 들어가면 삼대가 멸족을 당할 수도 있는 거지. 클클클."

삼보라고 하는 걸 보면 세 가지로 이루어졌을 것이다. 하지만 그 세 가지가 무엇인지는 애석하게도 아는 사람이 없었다.
하지만 한 가지는 확실했다.
자하삼보는 뇌정신군의 거처였던 자미원에 있었다. 오랜 도둑 생활의 경험으로 볼 때 인간이란 족속은 귀한 물건일수록 자신의 행동반경에서 절대적으로 가까운 곳에 숨겨둔다.
다만 한 가지 안타까운 것은 그것이 신투들 사이에서만 은밀히 떠도는 소문이라는 것이다. 즉, 자하삼보를 실제로 본 사람은 아무도 없었다.
그래도 상관없었다.
아홉 번을 실패해도 마지막 한 번에 성공하면 남는 장사가 도둑질이었다. 더구나 그것이 자하부의 신물이라면 더 말해 무엇하겠는가.
많을 필요도 없다.
하나면 훔치면 그대로 자하부를 떠나는 거다. 다행히 장자이는 경공과 은신술엔 자신이 있었고, 마음만 먹는다면 언제든 떠날 수 있었다.

한데 살극달의 말이 어쩐지 그 속내를 정확히 꿰뚫어 보는 것 같아 섬뜩했다.

'정말 알고서 하는 말일까?'

장자이는 얼른 신색을 감추고 태연하게 말했다.

"대체 뭔 소리를 하는지 모르겠네."

살극달이 피식 웃으며 말했다.

"어쨌든 잘한 거야. 그들을 따라갔으면 넌 죽어."

장자이가 갑자기 걸음을 멈추는 바람에 살극달이 저만치 앞서 갔다. 뚱뚱한 몸 때문에 잠깐 뒤처졌다가 뒤늦게 따라온 매상옥을 향해 장자이가 물었다.

"어떻게 생각해?"

"알아듣게 말을 해."

"저 사람 좀 이상하지 않아?"

"이상한 게 한두 개라야 말이지."

"아까 일공자와 대작할 때 고개를 빳빳이 들고 있는 것 봤지? 난 사람을 볼 때 눈을 봐. 눈을 보면 그 사람의 감정 상태를 느낄 수 있거든."

"무슨 말을 하고 싶은 거야?"

"그는 일공자를 조금도 두려워하는 기색이 아니었어. 오히려 손바닥 위에 개구리를 올려놓고 이걸 어떻게 죽일까 고민하는 사람 같다고 할까? 이게 말이 되는 소린지 모르겠지만 난 그렇더라고."

"아주 개 눈은 아니군."

"그쪽도 느꼈어?"

"처음 여제문이 나타나 시비를 걸어왔을 때 그는 쓸데없이 변죽을 울리며 시간을 끌었어. 그러다 혈랑대의 무사들을 도발했고, 너와 내가 칼을 뽑아 들고 그들과 대치했지. 한데 그는 가만히 앉아 술을 마셨어. 그리고 결정적인 순간 오공녀가 나타났지. 그러다 여제문과 오공녀가 언쟁을 벌이고, 엽사담이 나타나 여제문을 두들겨 패고, 그러다 또 막수혼이 나타나 엽사담과 일촉즉발의 상황을 만들었지. 그는 그때까지도 자리에서 일어나지 않고 술을 마셨어. 그리고 결정적인 순간 일공자가 나타나 상황을 정리했지. 마치 그렇게 전개될 걸 모두 알고 있었던 것처럼."

"뭔 사설이 그렇게 길어? 결론만 말해, 결론만."

"이상한 건 그뿐만이 아니야. 넌 일이 이렇게 꼬이게 된 시초가 뭐라고 생각해?"

장자이는 골똘히 생각하다가 대답했다.

"여제문이 찾아와 시비 건 거?"

"그전에."

장자이는 또다시 골똘히 생각하다가 대답했다.

"자미원의 경내에서 여제문에게 들킨 거?"

"그전에."

"자꾸 묻지 말고 그냥 쏴!"

장자이가 신경질적으로 말했다.

"청와각의 객방에서 한참 싸우고 있을 때 그는 뜬금없이 우리를 자미원으로 이끌었어. 거기가 조용해서 싸우기 좋다면서. 정확하게 말하면 자미원은 아니었지만 어쨌든 그 근처였지. 한데 하필 그 시간에 그 장소로 자객들이 침투했어. 마치 자미원으로 향하는 침투로가 그곳밖에 없는 것처럼. 넌 이게 우연이라고 생각해?"

"우연이 아니면?"

"그가 일부러 그 시간에 그곳을 택했다면 어때? 가령 자미원의 경내를 미리 돌아본 후 자객이 침투하기에 유력한 장소를 골라 우연처럼 그곳에서 마주쳤다면?"

"지금… 무슨 말을 하려는 거야?"

"난 어쩐지 이 모든 게 그가 짠 각본 같다는 생각이 들어. 자하부는 물론 우리까지 그의 손안에서 놀아났다고나 할까?"

"무슨 그런 말도 안 되는!"

"말이 안 되기는 너도 마찬가지거든."

"……!"

그렇긴 하다.

하지만 두 사람은 무인이었고, 무인들은 이성적인 판단보다는 날카로운 직관을 믿는 편이다. 그 직관은 살극달과 함께 있으면 위험해진다는 신호를 계속해서 보내고 있었다.

만약 두 사람의 느낌이 사실이라면?

장자이와 매상옥은 약속이나 한 듯 고개를 돌려 저만치 앞서 가는 살극달을 바라보았다. 왠지 모를 섬뜩함에 식은땀이 등골을 타고 흘렀다.

조빙빙은 말없이 걷기만 했다.
살극달은 어쩌다 보니 그녀와 어깨를 나란히 하게 되었다. 그는 주변의 풍광을 구경하느라 여념이 없었다.
"왜 날 따라온 거죠?"
조빙빙이 물었다.
본시 그녀는 오공녀라는 권위를 앞세워 아무에게나 하대를 하는 사람은 아니었다. 혈랑대의 여제문이나 표길량에게 하대를 한 것은 그들이 사공녀인 독고설란의 권위를 훼손했기 때문이다. 이에는 이, 눈에는 눈이 그녀의 평소 지론이었다.
"이미 들으셨을 텐데요."
살극달이 말했다.
살극달은 앞서 식당에서 졸자의 운명은 어떤 우두머리를 만나느냐에 달렸다는 말을 했었다. 바로 그 말을 언급한 것인데, 조빙빙은 영리하게도 곧장 알아들었다.
"지금 우리가 어디로 가는지는 알고 있나요?"
"그 얘기도 들으셨을 텐데요."
장자이와의 대화를 말하는 것이다.

대여섯 장이나 떨어져 있었다고는 하지만 조빙빙 정도의 무공을 지닌 사람이라면 토씨 하나 놓치지 않고 샅샅이 들었으리라.

조빙빙은 의아한 표정으로 살극달을 바라보았다.

정말로 독고설란은 살아남고 그녀의 적들은 죽을 것으로 생각하는 걸까? 대체 무슨 근거로?

의문이 꼬리에 꼬리를 물고 이어졌지만 조빙빙은 묻지 않았다. 상대는 녹슨 박도를 들고 땀을 뻘뻘 흘리며 삼재검법을 시전했다는 삼류무사. 그런 자가 한 말을 두고 신경을 쓴다는 것 자체가 말이 안 됐다.

그러나 아주 신경이 쓰이지 않는 것은 아니었다.

조빙빙이 조사를 해본 바, 살극달은 뼛속까지 삼류무사다. 하지만 조금 전 식당에서 여제문과 이천풍 등을 상대할 때의 기죽지 않는 모습은 결코 삼류무사의 그것이라고 할 수 없었다. 그 간극에서 오는 괴리감에 조빙빙은 혼란스러웠다.

"살극달이 이름인가요?"

"이름이 아니라 성입니다."

"특이한 성이군요. 하면 이름은 뭐죠?"

"이름까지 물은 사람은 오랜만이군요."

"다들 궁금해하지 않던가요?"

"오히려 번잡하게 생각하더군요."

"이상하군요. 나 같으면 오히려 더 궁금했을 것 같은데. 그래서 이름은 뭐죠?"
 "살극달 무두리."
 "한족 말이 아니군요. 무슨 뜻인가요?"
 "늙은 용이란 뜻입니다."
 "노… 룡?"

『비룡잠호(秘龍潛虎)』 2권에 계속…

용호객잔
龍虎客棧

설경구 新무협 판타지 소설

낙양 변두리에 위치한 허름한 용호객잔.
폐업 직전까지 몰렸던 용호객잔에 복덩이,
천유강이 저절로 굴러 들어왔다.
그런데… 이 객잔 좀 수상하다?

독문병기는 낡은 주판, 중원상왕을 꿈꾸는 객잔주인, 용사등.
독문병기는 마른 걸레, 끔찍이 못생긴 점소이, 용팔.
독문병기는 식칼, 긴 독수공방 끝에 요리와 혼인한 숙수, 장유결.
독문병기는 이 빠진 도끼, 사연 많은 남장여인, 문우령.
독문병기는 얼굴, 기억을 잃어버린 절세미남 신입 점소이, 천유강.

"중원의 상왕이 되리라!"

현실감각이리고는 찾아보기 힘든
용사등의 허황된 언언이 천하를 혼란에 빠뜨린다.
바람 잘 날 없는 용호객잔의 평범한(?) 일상에
중원의 이목이 집중된다.

**나를 제거할 자, 그를 다스리는 한 권의 책,
찾아 뒀으리. 그리하지 않으면 나는 불타리.**

세계의 근거, 그 자체인 거대한 나무, 바움.
그 아래에서 살아가는 생명들의 세상, 운터바움.
윈델은 신탁에 따라 바움을 파괴할 책을 찾아 떠나고
맨 처음 그의 손이 책에 닿는 순간 운명이 격변한다.

십 년을 모신 주인이자 친구, 세베리아를 비롯
세상 모든 것이 자신의 존재를 잊어버린 상황에서
윈델은 존재의 증명을 위하여 운명과 싸우기 시작한다!

나무의 파괴자 '엠베르크'란 무엇인가?
모두가 잊어버린 '나'는 대체 누구인가?

「데로드 앤드 데블랑」,「카르마 마스터」의 뒤를 잇는
이상혁 작가의 정통 판타지 대작!

「운터바움-신들의 파괴자」!

守護武士 수호무사

각사 新무협 판타지 소설

소년은 오직 소녀를 위하여 검을 들었다
가슴에 담긴 지키고자 하는 뜨거운 열망.

"이제는 지킬 것이다."

단 하나 남은 소중한 인연, 무유화를 지키려
악의에 휩싸인 무림을 수호하기 위하여
윤, 세상에 서다!

그의 용혈검이 떨치는 무상류와 구천류가
모든 악을 쓸어내리라!

지키는 자!
수호무사 윤, 그를 기억하라.

Book Publishing CHUNGEORAM

WWW.chungeoram.com